今天如何读经典

刘 勇　李春雨◎主编

魔幻故乡

今天如何读莫言

刘建华　徐纪阳　著

中国人民大学出版社
·北京·

目　录

引　言　莫言：用魔幻主义讲真实故事

第一章　故土经验与精神原乡

　　"血地"东北乡　// 016
　　饥饿与孤独的底色　// 023
　　走出故乡　// 044

第二章　野性张扬：《红高粱家族》

　　高粱地里的战争与爱情　// 061
　　红高粱精神　// 073
　　跨界传播：从小说到电影　// 083

第三章　现实批判：《酒国》

　　"酒"与"吃"的城邦　// 092
　　文学反腐的沉思　// 104
　　叙事迷宫　// 108

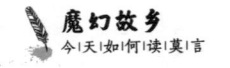

第四章　身体寓言：《丰乳肥臀》

母亲的生命史　// 119

家族的流变史　// 127

乡土中国的历史与现实　// 132

第五章　生命绝唱：《檀香刑》

血的历史　// 145

酷刑下的反抗　// 151

"示众"文化批判　// 155

第六章　魔幻纪实：《蛙》

"蛙"的隐喻　// 169

历史的两难与悖谬　// 174

失败的忏悔　// 182

第七章　莫言与诺贝尔文学奖

中国文学的"诺奖"情结　// 192

为什么是莫言　// 194

莫言获奖的反响　// 199

引 言

莫言：用魔幻主义讲真实故事

> **导读**
>
> 莫言是第一位获得诺贝尔文学奖的中国籍作家。2012年，莫言在瑞典学院发表受奖演讲，说自己是一个讲故事的人。莫言讲了哪些故事？怎样讲故事？故事有什么特别之处？这些故事又引起了什么样的反应？让我们走近善于讲故事的莫言。

引言

莫言：用魔幻主义讲真实故事

酷爱说话和讲故事的管谟业，偏偏给自己起了一个名字叫"莫言"。这首先是莫言对母亲谆谆教诲的致敬与回应。特殊的时代背景之下，因言获罪的风险让人不敢多说话，加之山东人民倾向踏实内敛的地方性格，编故事、"耍贫嘴"的莫言让母亲不喜且忧心，母亲希望他"能做一个沉默寡言、安稳大方的孩子"[①]。其次，莫言以缄默为自己命名，一定程度上是对失语焦虑、禁言恐惧的自我警醒，同时也是对突破话语遮蔽、观照精神内省的自我期许。然而莫言讲故事的天赋与欲望却无法被抑制，少年时期少说了的话"都在后来的写作中，变本加厉地得到了补偿"[②]。在言说与沉默的矛盾中，莫言最终走上一条讲故事的职业道路，声部繁复驳杂，声音高亢嘹亮、绵密聒噪，直至全世界都听到他的故事。

为什么做一个"讲故事的人"？莫言在述及个人写作动机时，在不同场合提供了若干不同的回答"文本"。概括下来，大概分为这么几种。（1）功利说。在家乡高密，莫言最深的体验是饥饿，他想通过写作过上一天三顿吃饺子的幸福生活，还想"挣点稿费，买一双皮鞋，买一块手表，回村去吸引姑娘们

[①] 莫言. 讲故事的人：在瑞典学院的诺贝尔文学奖受奖演讲//讲故事的人. 杭州：浙江文艺出版社，2020：250.

[②] 莫言. 饥饿与孤独是我创作的源泉. 创作与评论，2012（11）.

的目光"①——庸俗但坦白，憨厚又可爱。当然，当莫言袒露这毫不高雅的原始动机时，他已然超越了起初的功利转向更为严肃的文学追求，可以轻松自我调侃。（2）孤独说。在讲究成分的年代，莫言家被划为中农，政治地位上相对边缘化；小学辍学更进一步隔绝了他和同龄人的交往，加剧失去群体归属的伶仃感；莫言游荡在空寂苍茫的荒野大地，在童年时期就体验到了深深的寂寞和孤独。而这孤独和饥饿一样，都成为他的创作源泉。（3）真话说。当莫言突破上述两种个体体验，他发现了自己真正的写作动机：穿越弄虚作假的话语体系，去"说真话"，"用小说的方式，表达我内心深处对社会对人生的真实想法"②。（4）艺术创新说。伴随创作的深入，莫言文学创新的追求被进一步激发了，艺术创新的自觉意识转而成为推进其写作的新动力；而这种创新性，客观上冲击了粉饰现实的虚假文学，莫言与1980年代其他作家一道给当代文学开启了新气象。

讲故事的莫言，所讲述的既是中国的故事，也是世界的故事。

莫言的十余部长篇小说加上一百多部中短篇小说，事实上

---

① 莫言.我的文学历程：在第十七届亚洲文化大奖福冈市民论坛的演讲//我们都是被偷换的孩子.杭州：浙江文艺出版社，2020：37.

② 同①38.

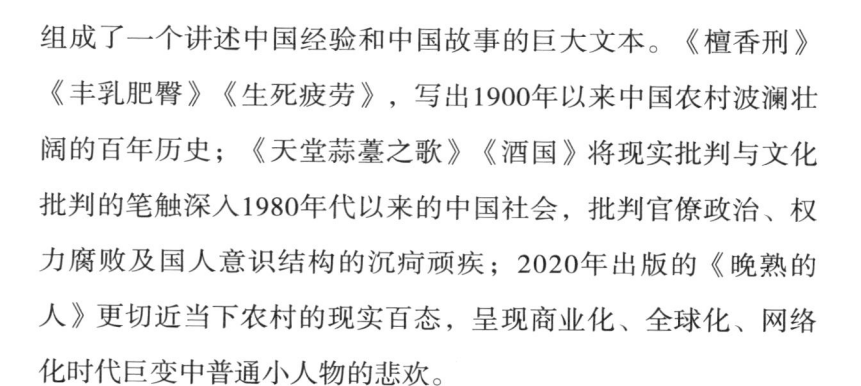

组成了一个讲述中国经验和中国故事的巨大文本。《檀香刑》《丰乳肥臀》《生死疲劳》，写出1900年以来中国农村波澜壮阔的百年历史；《天堂蒜薹之歌》《酒国》将现实批判与文化批判的笔触深入1980年代以来的中国社会，批判官僚政治、权力腐败及国人意识结构的沉疴顽疾；2020年出版的《晚熟的人》更切近当下农村的现实百态，呈现商业化、全球化、网络化时代巨变中普通小人物的悲欢。

莫言作品集

莫言所讲述的中国故事，首先是乡村与农民的故事。尽管2021年公布的第七次全国人口普查数据显示，中国历史上首次城镇人口超过乡村人口，中国乡村逐步城市化已然变成现实，但了解、诠释中国，无法忽略乡土中国的历史背景和文化现实。莫言说他是在社会文化的大书中受教育，其中最基本的

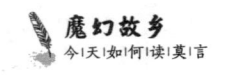

教育来自家乡的乡村经验，以乡村作为文学想象和美学探究的场域及资源，对莫言来说是非常自然的选择。莫言将故乡经验与对中国的整体思考相融合，转化为作品中"高密东北乡"的文学空间。"高密东北乡"不仅是莫言讲故事的背景，更因其特殊的文化意蕴成为独立的诗学意象。现实中，很多国内外学者、翻译家或文艺爱好者到高密寻访"高密东北乡"，莫言破旧的故居挤满了游客，但最终人们多数失望，感觉上了莫言的"当"。事实上，"高密东北乡"虚实夹杂，在现实高密的基础上，莫言为之增加了更为丰富的景观和事件，以此来承载对民族历史及民族精神的开阔描摹和深度挖掘。"高密东北乡"是作家的文学想象和精神故乡，象征的指向是庞大的农村，也是近现代以来中国的缩影。

活跃在"高密东北乡"之中的，是极具个性的中国农民。莫言写的多是边缘化的小人物，然而在辽远壮阔、粗粝荒蛮的乡野背景下，置于苍茫浩荡、剧变频仍的历史观照中，小人物在普通性和世俗性之外被赋予了传奇品性。《红高粱家族》系列力图从文化心理追宗溯祖，以土匪爷爷串联起的家族故事意在重新确立乡野之民英勇尚武、野性不羁、自由奔放的精神传统；《丰乳肥臀》将母亲与乡土相互比拟，悲悯化地描写母亲与乡村遭受的历史苦难，更加彰显中国乡土和中国人民包容豁达的品格和坚韧不拔的生存韧性；《生死疲劳》与《蛙》则更

引言
莫言：用魔幻主义讲真实故事

敏锐地抓住了中国人最为基本的两大诉求：赖以生存的土地和传宗接代、绵延子嗣的繁衍欲望，以个人本位视角代入农民既有认知，以此写农民从外而内的困境与痛苦。莫言既理解农民的困苦也理解农民的局限，在苦难里写出农民的暴戾粗鄙、卑怯渺小，也描写他们的坚韧不屈与高贵伟岸，成功再现中国农民的群体复杂性和精神厚重性。通过对乡村与农民的复合性表达，莫言使"大地的精魂与地狱的苦难，都在其作品里以雄放的姿态出现了"[①]。

同时，莫言也是面向世界讲故事的人。在莫言寻找创作方向的过程中，马尔克斯和福克纳给了他启示。前者以魔幻现实主义影响莫言，帮助他形成了以离奇魔幻反映现实、超越现实的文学逻辑，之后莫言将魔幻现实主义与以蒲松龄为代表的精怪想象相结合，发展成他虚虚实实、自由机动的叙事策略。而福克纳，则是莫言打造"高密东北乡"的精神导师。据莫言说，他至今没有读完《喧哗与骚动》，但这不妨碍他已然从福克纳那里习得写农村和虚构地理的精髓。以此溯源，莫言讲故事的技巧方式对于西方读者而言并不陌生。

"高密东北乡"是世界地图上找不到的渺小角落，对于缺少中国经验的外国读者而言，莫言写中国农村一隅的故事，

---

① 孙郁.莫言：中国文化隐秘的书写者.人民日报，2012-10-16.

新鲜又陌生。然而，就莫言屡获国外文学大奖来看，题材经验的中国化和地方化显然未造成文学接受的障碍。相当程度上，这与莫言追求超越式文学观有直接关系。他认为，"真正的文学，应该是超越了党派和阶级的狭隘利益，超越了国家和地区的封闭心态；应该是站在全人类的高度，用一种哲学的、宗教的超脱和宽容，居高临下地概括社会生活的本质，对人类精神进行分析和批判"[1]。世界主义与探寻人类共同价值是莫言文学活动的基本态度，落实到创作当中，莫言切实践行"越是民族的越是世界的"规则，以个性而狭小的高密东北乡与广袤世界对话，"努力地想使那里的痛苦和欢乐，与全人类的痛苦和欢乐保持一致，我努力地想使我的高密东北乡故事能够打动各个国家的读者，这将是我终生的奋斗目标"[2]。

超越是一种理想态度，文学活动客观上不免受现实牵扯，毋庸置疑，打动世界读者的预期与自我要求势必影响莫言。需要探寻的是，影响的性质及莫言的具体应对。有人说，莫言小说里有一个潜在的国际倾听者。激进批评者更尖锐地指出莫言描写中国落后愚昧、民众野蛮粗鄙、乡野原始浪漫，事实上落

---

[1] 莫言. 小说与社会生活：在京都大学会馆的演讲 // 讲故事的人. 杭州：浙江文艺出版社，2020：59.
[2] 莫言. 福克纳大叔，你好吗：在加州大学伯克莱校区的演讲 // 讲故事的人. 杭州：浙江文艺出版社，2020：34.

入"东方主义"的话语窠臼并迎合了西方的文化偏见。然而我们应该看到,在当前文化空前交融的时代背景下,莫言的创作在吸取世界性因素的同时自身具有超越性审美价值,因此契合西方阅读者,"让他们在莫言的文学中找到了自己民族或世界文学的偶像或经典"[①];另外,对于莫言所描写的苦难及落后,也应看到莫言"揭示落后与丑陋的同时,更着意于对于中国农民的生命的理想主义和生命的英雄主义的标举和倡扬"[②],在对话而非对抗的世界主义视野下,理解莫言所讲述的中国故事及其价值。

东方主义

萨义德认为西方对东方的研究带有预设性的歧视,他将西方人在言说东方时潜在的藐视,甚至带有偏见地随意改造东方文化的思维与认知方式称为东方主义。20世纪以来,用东方主义来形容西方学者对东方的研究是对这种研究的否定,其意指该研究者以18、19世纪的欧洲帝国主义者的傲慢理解东方世

---

① 沈杏培. 从"垃圾"到"圣杯":莫言问鼎诺贝尔文学奖对中国文学的启示//张清华. 莫言研究年编:2012. 北京:生活·读书·新知三联书店,2016:99.

② 张志忠. 如何讲述当代中国的神奇故事:与李建军论莫言与"诺奖". 中国政法大学学报,2017(6).

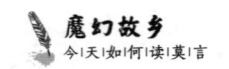

界，又或是指外来人对东方文化及历史、现实所带有的陈旧、保守以及西方中心的偏见理解与诠释。

身处争议旋涡的莫言，在现实中奉行"莫言"、不争的初衷，以自我解嘲或低调缄默回应纷争。对此，有人说是传统文化对中国文人的内隐影响，有人说是中国农民的生存智慧，还有网友调侃莫言这是唾面自干。事实上，莫言早有答案："对一个作家来说，最好的说话方式是写作。我该说的话都写进了我的作品里。用嘴说出的话随风而散，用笔写出的话永不磨灭。我希望你们能耐心地读一下我的书。"[①]

【我来品说】

> 1. 莫言的文学创作都讲述了哪些故事？你最喜欢哪一个故事？
> 2. 你怎么理解莫言自我定位为"讲故事的人"？

---

① 莫言. 讲故事的人：在瑞典学院的诺贝尔文学奖受奖演讲 // 讲故事的人. 杭州：浙江文艺出版社，2020：260.

第一章 故土经验与精神原乡

> **导读**
>
> 莫言最重要的文学景象和文学概念是"高密东北乡"。这一文学场景首次出现在《秋水》中,自此莫言全新的想象世界轰然打开。高密东北乡的经验与情感是莫言最重要的创作资源,从短篇小说《秋水》和《白狗秋千架》开始,一直到最新的小说集《晚熟的人》,莫言的多部小说以高密东北乡为地理空间和文化背景。可以说,莫言的创作个性和创作成就很大程度上与高密东北乡有关系。而对我们读者而言,了解高密东北乡是进入莫言文学世界的密码。

莫言真正的文学之路,始于高密东北乡。自从他"打起了'高密东北乡'的旗号,从此便开始了啸聚山林、打家劫舍的文学生涯"①,充分运用着写作者的权利,将自由奔放渲染到淋漓尽致。莫言骄矜地高调宣布自己"成了文学的'高密东北乡'的开天辟地的皇帝,发号施令,颐指气使,要谁死谁就死,要谁活谁就活,饱尝了君临天下的乐趣"②。在解放、开放、奔放的写作意识之下,莫言自由地改造了高密东北乡的地理环境,我们在莫言的作品中看到的高密东北乡不仅有原野、河流、池塘,还有高山、森林、悬崖、沼泽和沙漠。让莫言书迷最失望的是,"红高粱家族"的故乡,竟然没有红高粱。大江健三郎探访高密时,因没有看到红高粱而失望。莫言狡黠地承认,

---

① 莫言.超越故乡.名作欣赏,2013(1).
② 同①.

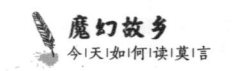

自己在写作中骗了人。

莫言与日本作家大江健三郎在家乡高密

尽管"高密东北乡"并不指向明确、清晰的地理边界,但在莫言创作资源中,"原始性的东西都是高密东北乡的"①,其现实空间指向莫言的家乡高密。具体而言,"高密东北乡"版图以山东省高密市东北境域为主,以莫言的出生地平安村为中心,辐射于周边乡村结构而成。据莫言的大哥管谟贤介绍,"真正的高密东北乡是指现高密东北隅的河崖、大栏这一片辽阔的土地,北乡是沿用

① 杨守森.读莫言 游高密.济南:山东文艺出版社,2012:31.

了明、清、民国时的叫法。"① 在平安村及高密县（今高密市），莫言生活了21年，度过了自己的童年和青年时代，在成年之时，才带着深刻而清晰的生地记忆与烙印，带着已然成人的认知和情感，离开高密。高密之于莫言，不仅是地理学意义上的出生之地，更是其文学生命力、价值独到之处的精神源头。阅读莫言、了解莫言，理解莫言芜杂文字背后庞大的诉说主旨和叙事动力，我们必须先了解高密东北乡。

---

① 管谟贤. 莫言小说中的人和事//莫言研究会. 莫言与高密. 北京：中国青年出版社，2012：34.

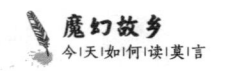

"血地"东北乡

在莫言获得诺贝尔文学奖之前,对于多数人而言,高密是一个相当陌生的低调县城,遑论小小的平安村。平安村居于胶州(原称胶县)、高密、平度交界的地方。今天,平安村因莫言故居已然成为重要的文化景点,频繁出现在媒体报道甚至旅游攻略中,吸引着对文学或莫言感兴趣的采风者、探寻者、研究者、朝圣者或者猎奇者。在涌入平安村的人潮中,有相当数量的参观者并不了解或关心莫言的文学成就,他们将平安村视为出了"大官"或文豪的风水宝地,迷信孩子能在莫言故居沾染一点当代文曲星的才气与成功。媒体曾经报道:听闻莫言获得国际大奖,络绎不绝踏入平安村的游客拔光了莫言的老父亲种在旧居院子内的萝卜,甚至青草和树叶。在当前这个物质丰富的时代,人们偷萝卜的理由与莫言当年因为肚子饿偷萝卜不同,偷萝卜者相信这样能从莫言那里沾光,实现他们获得抽象"成功"的愿望。这是现实中的荒诞和超现实主义,是物质不再匮乏的时代里另一种匮乏的"萝卜"新隐喻。

就高密而言，虽然在全国来说知名度不高，但其历史相当悠久。根据《高密县志》记载，"高密"一名自战国时代就已出现，在秦统一中国后设置高密县。历经区划变动和建置沿革，今日高密为县级市，隶属山东省潍坊市。莫言成名之后，不少研究者分析其成就、文学思想和地方历史、地方文化之间的内在关联。"故乡是他的血地，是他的根……他的高密东北乡系列小说都带着很深的齐鲁文化的印记，都具有浓厚的高密地方色彩。它们都是高密东北乡的事，都带着高密东北乡的高粱气味，泥土的芳香，带着高密东北乡人身上的汗味和桀骜不驯、粗犷豪放的精神走向全国，走向世界。"①

在迷信或者带有魔幻色彩的东北乡，人们甚而唯心地相信莫言的成功就在于家乡的风水。莫言的出生地平安村后面是胶河，在平安村这段河道形成一个弯。当地百姓间流传着"长河一拐弯，必定出大官""河流拐弯处，必有贵人住"的说法，而莫言的成功仿佛是对这些传言的验证。"一些相信风水之说的当地村民，近两年纷纷跑到平安庄村北的胶河南岸盖房子，使得如今该区域几乎没有空地了。"②

当莫言还生活在平安村的时候，这块土地并不曾有如此魅

---

① 管谟贤. 莫言小说中的人和事 // 莫言研究会. 莫言与高密. 北京：中国青年出版社，2012：35.
② 杨守森. 读莫言 游高密. 济南：山东文艺出版社，2012：22.

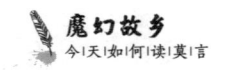

力。回忆出生旧地，莫言突出的是穷苦与艰难，强调的是偏僻与落后。后来人们拿来与莫言相比附的名流大儒或地方荣光，和当时的莫言并无关系。在偏僻的高密东北乡，莫言出生的旧地矮小破旧、黑暗逼仄，漏风又漏雨。"根据村里古老的习俗，产妇分娩时，身下要垫上从大街上扫来的浮土，新生儿一出母腹，就落在这土上。"①这罔顾卫生与医学健康的传统，或许体现了中国农民与土地牵绊的情感关系，渗透着"万物土中生"的民间哲学。莫言不断提及这富有寓意的人生出场，正是他不断追溯的基本价值观和基底逻辑的再现。莫言由此去理解中国农民和中国人，这也是他理解和诠释"人"与生命的基本起点与立场。那些打动人心、令人震撼的叙事核心，所讲述的正是生命和土地的紧密关联：《红高粱家族》中"我"奶奶生命的绽放和陨落，都落在青纱帐红高粱的土地之上；《丰乳肥臀》对生命源头——母亲上官鲁氏——的致敬与深情，直接复刻了产妇在浮土上生产的地方习俗；《生死疲劳》中西门闹的转世执迷和全国唯一"单干户"蓝脸的倔强固执背后，是对土地的敬畏与深沉眷恋。

---

① 莫言.超越故乡.名作欣赏，2013（1）.

【经典品读】

《会唱歌的墙》怀念乡土大地的段落

草甸子里绿草如毡，星星点点、五颜六色的小小花朵，如同这毡上的美丽图案。空中鸟声婉转，天蓝得令人头晕目眩。文背红胸的那种貌似鹌鹑但不是鹌鹑的鸟儿在路上蹒跚行走，后边跟随着几只刚刚出壳的幼鸟。还不时地可以看到草黄色的野兔儿一耸一耸地从你的面前跳过去，追它几步，是有趣的游戏，但要想追上它却是妄想。门老头子养的那条莽撞的瞎狗能追上野兔子，那要在冬天的原野上，最好是大雪遮盖了原野，让野兔子无法疾跑。

莫言的快乐记忆相当大的一部分来自原野大地。莫言曾祖辈搬来此地时，这里遍地是丰茂的野草，是放牧打猎的好地方。因为居民都在此处放羊养牛，当时这地方就被称为"大栏"——"栏"在山东方言之中，是指豢养猪、羊牲畜的圈舍。这块荒地原野，奠定了莫言对土地自然的情感底色。在莫言及兄长等人的共同回忆中，这块低洼地美丽丰饶。春天的草甸一望无垠，夏天水源丰足、一片汪洋，长满了芦苇，水里游动着大群活跃的生猛鱼虾，天上飞翔着各色鸟类。秋天则芦花如雪、黄草连天，草窠深处隐藏着栖息的大雁，时有狐狸、野

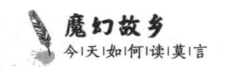

兔等野物跑动出没。莫言和同伴在此追逐、疾跑、打滚、跳跃；荒地草甸既是孩子们的乐园，也是他们的食库，莫言"在那里挖草根剜野菜，边挖边吃，边吃边唱，部分像牛羊，部分像歌手"①。原野的辽阔和大地的生机滋养和抚慰着孩童——即使在匮乏和苦难的年代之中。三年困难时期和政治动荡时期，成人世界紧张压抑，而孩子们在那个特殊时期游荡在田野自然中，于天地间感受到的自由和乐趣是一种不可抹杀的现实。因而对于故乡与童年经验，莫言有两套言说体系。沉浸在孩童视角追溯故乡记忆时，高密东北乡虽然艰苦贫穷然而生机勃勃、富有乐趣，《故乡往事》《会唱歌的墙》《洪水·牛蛙》《超越故乡》等怀旧式散文即属于此种叙事基调；而当莫言以一个成熟老练、精于隐喻的作家身份叙说高密东北乡时，则展露出更多批判与反思的乡土视角。

除了原野与荒地，高密东北乡还有丰富的水系，又因地处下游、地势低洼，这里常常有水涝和水灾。有民谣说"平安庄不平安"，十年九涝，年年发大水。对莫言来说，童年的两大烙印是饥饿和洪水。澎湃的洪水和喧哗躁动的青蛙记忆，日后化成了莫言"高密东北乡"素材，成为其文学叙事的重要意象和场景。

---

① 莫言.草木虫鱼.散文选刊，2003（11）.

第一章
故土经验与精神原乡

受限于地势和常发水灾的客观条件，在1970年代以前高密大量栽种生命力顽强而又高秆的高粱。虽然在《红高粱家族》中，莫言将红高粱地写得恢宏壮丽、浪漫绚烂，但作为果腹的食物，高粱并不是美味的选择。比起小麦，高粱粗粝干涩，吃起来拉嗓子，尤其对孩子来说更是难以下咽。撇开文学的浪漫滤镜，莫言兄弟对童年吃高粱的评价是"苦不堪言"。但为了活命，只能种植高粱。当莫言成为作家，摆脱了对高粱的实用性需求之后，红高粱强韧质朴、旺盛恣肆的生命力激发了作者的全新认知。高粱是维生的粗食，哺育了粗壮健康的体格和粗犷豪放、昂扬顽强的精神。通过高粱，莫言看到了高密东北乡的生命特质和文化性格。因而高粱和高粱地成为莫言高密东北乡叙事的重要载体。"高粱酿出了叫人心跳眼热的烈酒；高粱，为历代英雄好汉们提供了理想的活动舞台，也为土匪窃贼提供了杀人越货的屏障，造就了高密大地特有的神秘与朦胧，庄严与肃穆。"[1]

不过这种原始而丰茂的景象到1960年代中期已经逐渐消失，到1970年代气候干旱、水系干涸，记忆中如野马奔腾的滔滔洪水就此成为绝响。昔日，赖以存活不得不种植的高粱也逐渐被淘汰，淡出高密人的视野。直至1986年，莫言发表中篇

---

[1] 杨守森. 高密文化与莫言小说//莫言研究会. 莫言与高密. 北京：中国青年出版社，2012：6.

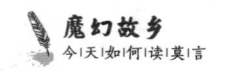

小说《红高粱》，夸张化地再现了高粱地无边无际、铺展成红色海洋的瑰丽景观。张艺谋在高密取景拍摄《红高粱》时，红高粱的故乡已经很少见到高粱，为此拍摄方不得不提前投入资金委托当地农民大规模代种高粱。电影在第38届柏林国际电影节上获得金熊奖之后，红高粱就变成当地的一个标志性符号。2012年，莫言获得诺贝尔文学奖；2013年，电视剧《红高粱》开拍，并于次年热播。平安村、高密市和红高粱、莫言一起名声大噪。地方政府借势规划了一系列以莫言和红高粱为主题的项目，包含莫言旧居、红高粱文化休闲走廊、红高粱影视城、莫言文学馆、东北乡红高粱庄园、红高粱种植基地、红高粱景观大道等，试图"将该地发展成为我国乡村、文学、影视三位一体，年接待能力100万以上人次的中国百年乡村文化博物馆、世界文学旅游目的地"[1]。

高密东北乡是滋养哺育莫言的生地和精神原乡，而莫言则以其文学成就反哺原乡，带动高密东北乡的改变。从这个角度上说，作家并非单向受到地域环境和地方文化的影响，其书写叙事和文学活动事实上也是地方动态发展的有机构成，参与着地方形象、地方文化及地方历史的编码与建构。

---

[1] 逄忠强.高密市东北乡文化发展区旅游发展研究.青岛：青岛大学，2019：1.

饥饿与孤独的底色

莫言身份证上的出生日期是1956年3月25日，而事实上他出生于1955年2月17日。前者是莫言在1980年代为了提干，找人改过的年龄。当时，户籍管理还不规范，留下了很多人为操作的空间。在干部选拔年轻化的时代趋势之下，一些人为了晋升或个人前途，就像莫言这样把年龄改小。

莫言出生的1955年，正处于新中国的第一个黄金时期。这时，成立六年的新中国通过土地改革和"第一个五年计划"正在大力推进社会主义改造和发展工业建设，社会整体呈现出建设的激情和发展的欣欣向荣。在莫言的家乡高密县，这一年有两件大事：一是高密历史上第一次有了拖拉机，开启农业机械化的步伐；二是该年开始办初级农业社。这一时期，高密农村生产有序发展，据统计，与1949年相比，1957年高密农业总产值增加66.6%。生产提高，人们生活改善，温饱有稳定的保障，很快带来了高密新中国历史上第一个人口生育高峰，1951—1956年，年均增11 861人。莫言，成为高密1955年新增的万名

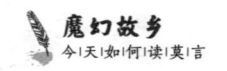

婴儿中的一员。

莫言四五岁时,时代车轮转入残酷的三年困难时期,莫言记忆中有了饥饿的阴影。莫言耍赖着抢堂姐发霉的红薯干、号啕着吞咽难以下咽的野菜团子,仍然无法抵御强烈的饥饿感。没有机会吃饱的莫言,那时渴望的是有一天能够饱饱吃一顿红薯干。挨饿的人,记忆所及也都是饥饿的事情。"1960年春天,在人类历史上恐怕也是一个黑暗的春天。能吃的东西似乎都吃光了,草根、树皮、房檐上的草。村子里几乎天天死人。都是饿死的。"[1]人们饥饿地追问:"粮食,粮食都哪里去了呢?粮食都被谁吃了呢?"[2]

据《高密县志》记载:"1959至1961年间,全县出现严重经济困难。粮、棉减产,口粮紧缺。人们营养不足,体质下降,浮肿、干瘦等病严重,人口死多生少。三年间,加之人口外流、计划移民,全县人口减少六万余。"

没有粮食,莫言和其他孩子游荡在野外,寻找一切可以

---

[1] 莫言. 吃相凶恶. 小说林,2012(6).
[2] 同[1].

替代粮食、塞进嘴巴的可食之物。在《草木虫鱼》里，莫言列举了他在荒野之中找到的食物：茅草、地瓜蔓、野菜、蚂蚱、鱼、土泥鳅、螃蟹、豆虫、蝈蝈、蟋蟀、金龟子、青苔和树皮。在《吃相凶恶》中，莫言以饿的程度和吃的东西为线索，满含辛酸地回顾自己三十多年"吃"的经历。1960年代初期，是最饿、最黑暗的时期。"大炼钢铁"和过度的"共产风"让村民家中既没有米也没有了锅。祖母用一顶捡到的日本兵破钢盔煮野菜、草根、树皮，像喂小猪一样养活孩子，挨过可怕的饥馑之年。1961年，六岁的莫言已经上小学，在学校里，一群饥饿的孩子啃食煤块。1960年代中期，能够糠菜半年粮，情况在好转；此时莫言正是长身体的时候，永远感觉吃不饱，他曾去田里找玉米秸秆上的菌瘤煮熟吃，甚至想吃癞蛤蟆。

刻骨铭心的饥饿状态肯定激发了莫言，让他对"吃"这件事高度敏感。"吃"让他牵念、困窘、受辱，也引发他反复思考在中国历史上"吃"的现象与象征。童年的饥饿时期，莫言家的孩子喜欢听爷爷讲过去吃过的好东西：大热天的绿豆汤、黄瓜拌烧肉、面饼卷炒鸡蛋。耳朵里听着，心里想象着那黄瓜肯定是顶花带刺的鲜嫩。长期的饥饿感强化了莫言的感官灵敏度，也激发了他对食物的丰富想象。饥饿年代，人们用语言描绘和主观想象力来弥补生理饥饿和对食物的渴求，这种匮乏的补偿机制被莫言称为"精神会餐"。反复的"精神会餐"，变

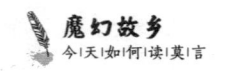

成莫言生命中的强化记忆。"饥饿"可以说是莫言人生之初最深刻的体验，童年体验留下的精神烙印日后就变成莫言文学创作的核心主题和叙说焦点；而"精神会餐"式的饥饿驱动力和对"吃"的焦灼想象，则锻炼了莫言日后文学创作中对"吃"浓烈、夸张、渲染式的书写。在《透明的红萝卜》《酒国》《丰乳肥臀》《檀香刑》中，莫言都描写了饥饿与吃喝的极致状态，那些细致、膨胀化的爆炸式感受极度怪诞而真实，那是从深沉的饥饿感中生长出来的文学描摹。

在现实的物质匮乏和残酷的条件之下，莫言目睹并亲身经历了饥饿中为了生存而非正常、非理性地挣扎。

首先是对充饥之物无所不用其极的探索和边界跨越。山野江河中的各类草木虫鱼已然不在话下，癞蛤蟆、牛蛋、棉籽饼都算美味，树皮、青苔也能入口果腹。作为生产资料的牛马所吃的饲料，也诱惑着莫言和母亲；莫言甚至把生产队刚刚种下的花生种子从土里扒出来吃掉，花生米用剧毒农药浸泡过，莫言为此差点中毒死掉。饥饿之下，人们最直接的强烈欲望就是不管什么，只要能塞到胃里就行。莫言在散文《吃的耻辱》里写到大伯母饥荒时外出讨饭，哪怕遇到麻风病人吃剩的面条，也不顾一切地冲上去用手抓着吃。怕脏？怕染病？怕偷吃屈辱吗？在饥饿面前，谈医学卫生和道德顾虑都是奢侈的。莫言还写过一群小孩吃煤，吃得不亦乐乎。他在不同场合多次用过吃煤这个素材，今日看来是反常规的异食癖一样的行为，在莫言看来是对饥饿和匮乏的调剂、抚慰。除此之外，莫言还写到人们吃白土、吃棉絮、吃蚊帐。最极端的，当数"吃人"。莫言隐晦而含蓄地提到"吃人"现象，据说他们村的马四就曾经从已死的妻子身上割肉吃。这些特殊时期逼出来的畸形行为，莫言后来将它们加工为《铁孩》中的吃铁、《酒国》中的吃小孩、《蛙》中的吃煤等。

其次，在长期对饥饿的敏感和观察中，莫言深刻地体察到饥饿似乎不仅是生理上的口腹问题，饥饿带来的多重异化与病态更不容小觑。

长期挨饿、营养不良让人消瘦和浮肿，饿到极致的人就脱离人相，不那么像人。莫言记忆里1960年代初期孩子们都饿成了"棒棒糖"，全身瘦骨伶仃，腿细得像柴棒，水肿的大肚子几乎透明，"青色的肠子在里边蠢蠢欲动"。饥饿把人折磨成"非人"状态的记忆刺激，以令人震颤的方式再现于《野种》《丰乳肥臀》《生死疲劳》等小说对饥民群体的描绘中。莫言了解饥饿带来的生理性改变，如浮肿、干瘦、女性不来例假等，还觉察到饥饿让人的胃失去了对"饱"的感受能力。1960年是最饥饿的一年，政府发放豆饼作为紧急救济，竟然有17人无法控制地将两斤豆饼一次吃下而胀肚死去。耳闻目睹这些死亡，让莫言在饥饿的癫狂之际保持一点仅存的清醒：在偷吃马

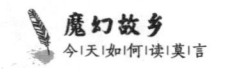

料时，不敢一次吃太多。因为饥饿，莫言是著名的"大肚子的孩子"，拥有无底洞一样的胃，一次吃8碗野菜、2斤面的馒头……直到莫言当兵到了部队，才彻底告别饥饿，可以没有顾虑地吃饱。之后，莫言在《生死疲劳》中写饥饿对人的生理性改造：母亲为了哺育孩子，像反刍动物一样变异或者"进化"出了胃袋，一伸脖子就能把偷来的豆子或饲料吐出来，再做成家人赖以活命的食物。这不是对母亲的丑化，而是对为了孩子而自我"异化"的深沉母爱的礼赞。

【经典品读】

《丰乳肥臀》中关于母亲以胃偷粮食的段落

她用手捂着嘴巴，跑到杏树下那个盛满清水的大木盆边，扑地跪下，双手扶住盆沿，脖子抻直，嘴巴张开，哇哇地呕吐着，一股很干燥的豌豆，哗啦啦地倾泻到木盆里，砸出了一盆扑扑簌簌的水声。她歇息了几分钟，抬起头，用满是眼泪的眼睛，看着儿子，说了半句含混不清的话，立即又垂下头去呕吐。后来吐出的豌豆与黏稠的胃液混在一起，一团一团地往木盆里跌落。终于吐完了，她把手伸进盆里，从水中抄起那些豌豆看了一下，脸上显出满意的神情。

第一章
故土经验与精神原乡

"仓廪实而知礼节，衣食足而知荣辱。"当饥饿危及生命，道德和品行会退出人们的意识。在访谈、演讲和文学创作中，莫言大量地提及自己的偷吃行为，其中有自我鞭挞和自我调侃的成分，更多的则是写饥饿对人性的戕害，闲散旧事背后隐藏着尖锐的政治批判。在莫言的童年时代，因饿而馋的莫言多次为了吃干各种坏事，如偷猪肉、偷马料、偷萝卜、偷西瓜、偷花生种子，给家里惹麻烦。为了吃，年少时的莫言具有相当的破坏性，嘴馋手懒可能是村民对少年莫言共有的印象。时隔多年，莫言回顾自己那时的作为，坦承真是干了不少恶心事、窝囊事，把自己搞得人见人厌，连狗屎都不如，刻薄犀利当中又带了一点自我怜悯和自我开解的味道。因而，莫言写这些为了吃而经历的难堪事，虽然用词狠厉，常常自我贬低，但其所有的讲述最后会落到"如我这种猪狗一样的东西，是万万不可用自尊、名誉这些狗屁玩意儿来为难自己"这样的结论上。

偷外面的东西，莫言没什么愧疚，因为饿觉得理所当然。即使他以坦诚的姿态把往日"丑事"全部倒出，读者也能发现，莫言的回忆不是为了自我道德谴责，而是将之当作饥饿年代罪恶的佐证：饥饿将人逼成了麻木的小偷。真正引起莫言灵魂震动的，不是道德层面的而是人性层面的。饥饿对人的异化、侵蚀，不仅让人丧失道德感，也会破坏情感关系、挑战人性。在这个层面上，莫言所做的探索尤其是面向自己的自我剖

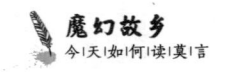

析，更为深邃、复杂，也更为真诚、动人。

　　因为极度饥饿，面对食物时人会失去理智，非理性地狂吃而不顾及他人，哪怕是家人。1960年代初，饥荒严重到会饿死人。在这种极端情况下，当政府发放少量的救济粮时，有人饿到将一家的口粮一气吃掉。莫言家的邻居孙大爷就属于这种情况，一口气吃掉发给他家的两斤豆饼，肚胀而死。对家人而言，孙大爷是自私地吃掉了他们活命口粮的人，死了活该。莫言说，孙家奶奶在多年后，还是觉得孙大爷心狠、没人性，不顾妻儿吃独食。目睹这一场景，对莫言刺激甚深，他在散文里几次写过此事。后来，在以母亲为原型的《丰乳肥臀》中，他将这一经验挪移到七姐乔其莎身上。这个优雅高洁的美丽女性，在挨饿与受辱之后，吃下了太多豆饼而丧生。

　　莫言最为愧疚的，是饥饿驱使之下自己有意无意对家人的剥夺，尤其是对母亲。莫言从小饭量大，胃像无底洞，总处在吃不饱的状态。每次吃饭，莫言飞快地吃完自己的一份后看着别人的饭碗号啕大哭。母亲不忍心，饿着肚子把自己的那份给莫言。莫言吃完，还是哭，哭着去抢堂姐的食物。为此，连累母亲被别人侮辱责骂。莫言直言"这是我一生中最坏的行为，至今我也不能原谅自己"。但是，此时莫言大概不过五六岁的年纪，没有很强的自控能力，也不太懂体谅母亲。但后来已经年龄较大甚至成年时的若干行为，让莫言极为内疚和自愧。在莫言看来,饥饿的烙印太过深刻,其阴影转化成本能的"馋"。莫言的嘴馋在村里很出名,无论家里好吃的东西藏在哪里,他都能变着法子偷到嘴里,而且不顾后果,豁出去挨打挨骂也要全部吃完。甚至给爷爷奶奶送饭时,也利用送饭的机会偷吃,导致母亲被冤枉。甚而莫言20岁到棉花厂做临时工时,因看到正式工吃白面馒头感到委屈回家抱怨,父母毫无怨言地把积攒了很久的白面给莫言带去工厂。父母攒了许久的白面,被他一顿就吃掉了。莫言为此内疚,耿耿于怀。

莫言厌弃被饥饿掌控的自己,厌弃自己的意志薄弱,更厌弃自己为了一口吃的,不仅忘却廉耻甚而掠夺更为饥饿病苦的母亲。饥饿异化了人的正常情感,在某种层面上饥饿让人退化成了动物。"我也曾多次暗下决心,要有志气,但只要一见了食物,就把一切的一切忘得干干净净。没有道德,没有良心,没有廉耻,真是连条狗也不如。"[1]

饥饿对人的异化强烈而残酷,让人失去道德、情感,同时也失去人格尊严。莫言看到也经历过很多因为饥饿而丧失人格尊严的事情。曾经为了得到一块豆饼,莫言和同伴们一起学狗叫,"保管员说,谁学得最像,豆饼就赏赐给谁。我也是那

---

[1] 莫言. 吃事三篇 // 莫言散文新编. 北京:文化艺术出版社,2009:70.

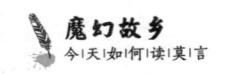

些学狗叫的孩子中的一个"①。爷爷批评莫言，不能为了一口吃的不顾脸面，幼小的莫言不以为然，学狗叫换豆饼，他觉得值得。

人为了活着，要吃。一个正常的社会，应该能满足这最基本的需求。然而，在浮夸与激进的畸形时代，吃变成了炼狱考验。莫言说，"吃"这个字有意思，是"口的乞求，口在乞求，一个'吃'字，馋的意思有了，饿的意思有了，下贱的意思也有了"。莫言降生在平安村的浮土上，他相信这是一个关于生命的隐喻：人本质上从土中生长，卑贱但也顽强。莫言尊重生命、礼赞生命。对勉力挣扎求生的人，莫言怀着敬畏之心。那些为了吃，不体面、不道德、不人性的做法，莫言只是记录，并不贬低。吃掉家人口粮的孙大爷、吃麻风病人剩饭的大伯母、抢母亲口边食的莫言自己，都是那野草般顽强的生命。但是，这是不完整、不健全的生命。在饿与馋的背景下，莫言与同时代的人们好像无从选择，无法做一个健康的、正常的、能合理满足生理需求的人。

然而，悲愤出文豪，苦难出诗人。饱经饥饿的莫言，从饥饿中获得了文学创作的动力。某种程度上，摆脱饥饿是莫言走上文学之路的驱动力。莫言曾说，自己进行文学创作是为了

---

① 莫言. 我的文学历程：在第十七届亚洲文化大奖福冈市民论坛的演讲 // 我们都是被偷换的孩子. 杭州：浙江文艺出版社，2020：36.

第一章 故土经验与精神原乡

发表作品而在部队提干,从而可以彻底摆脱乡村故土,摆脱匮乏、落后的平安村,最终摆脱饥饿的阴影和吃地瓜干的穷苦。莫言小时候曾听一个邻居说,某个作家通过写作挣了不少钱,一天三顿都能吃大白菜肉馅的饺子。这个故事深深地吸引了莫言,"写作就能吃饺子"是莫言对文学创作最初的美好想象。莫言最终成为作家,和饺子的诱惑并没有直接关联,但莫言反复提及饺子的故事,说自己写作是为了能吃上饺子。也许,在莫言看来吃饺子是对饥饿的象征性满足,而写作是对饥饿的莫言的救赎。同时,饥饿也是莫言创作的灵感和宝贵资源。饥饿为莫言提供了具有生命实感的素材,同时也锻炼了莫言的想象力和表达力。此外,对于莫言来说,饥饿是历史、政治与人性的试剂。"饥饿的岁月使我体验和洞察了人性的复杂和单纯,使我认识到了人性的最低标准,使我看透了人的本质的某些方面"[1]。在此意义上,饥饿的确如莫言所说,是他的创作财富。

"当我成为作家之后,我开始回忆我童年时的孤独,就像面对着满桌子美食回忆饥饿一样。"[2]除了饥饿,孤独是莫言的另外一种重要的创作财富。莫言在梳理个人创作历程时,强

---

[1] 莫言. 我的文学历程:在第十七届亚洲文化大奖福冈市民论坛的演讲//我们都是被偷换的孩子. 杭州:浙江文艺出版社,2020:36.

[2] 莫言. 饥饿和孤独是我创作的财富:在斯坦福大学的演讲//讲故事的人. 杭州:浙江文艺出版社,2020:23.

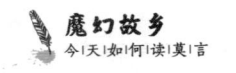

调孤独和饥饿一样，对于形成自己独特的文学创作风格具有重要影响。童年的孤独，与成人世界忧郁、凄婉或痛苦的忧伤不一样，童年的孤独更接近哲学式的沉浸，影响一个人感受世界与生命的方式，影响到人的某些气质。如其他人一样，莫言身上交杂着多重性格色彩：低调与喧哗、孤独与随和、热烈与冷冽、野性与驯顺、赤诚与世故、朴实与乡愿……这些特质彼此抵牾，共同构成莫言极为丰富的内在世界，在人生和文学的互文性之间形成富有意味的张力。对于一个有意走向历史深处的作家而言，孤独和沉思无疑特别重要。

莫言出生在一个十几口人的大家庭，他是母亲最小的孩子。一方面，作为幼子的莫言从母亲那里得到了很多的关爱和呵护，甚至直到5岁莫言还在吃母乳。另一方面，在条件艰苦的时代背景下，父母更多的精力放在精打细算地谋生劳动上。加上莫言母亲是长媳，承担的事务更多责任更重，实际能分给小莫言的关注并不多。在20世纪五六十年代，一大家人生活在一起，有龃龉纷争，也有热闹喧哗。父母不得已的忽略对莫言的影响在当时并不明显，但母亲一生多病让莫言从记事起就有了很大的心理阴影。当母亲因病而极度痛苦时，莫言无助而恐惧；在母亲痛苦呻吟时，莫言和姐姐只能躲在墙角哭泣。莫言看到母亲因为生病乏力而跌落了瓦盆，无论是家人还是母亲自己都更心疼紧张那个瓦盆；莫言听说母亲怀着双胞胎在临产前还在劳作,刚生产完就在暴雨之夜到打谷场抢运粮食。莫言在母亲身上看到太多浓缩的苦难和生命的粗粝残酷。母亲在疾病和困苦中怎么支撑着活下来?十来岁的莫言充满这样的疑问和不安。尤其是在村里有几个女人先后自杀而家里又遭遇困难的时候,莫言总是担心母亲会自杀。怀揣着这样不敢明言的担忧,莫言的青少年阶段有过一段极度恐惧的时期。恐惧之中夹杂了少年对生命意义的思索、对人生艰难的感伤、对黯淡未来的绝望。经历过这些的人,生命中往往会浮现出哀伤、无助的孤独感。

相比母亲的病弱、自我牺牲形象,莫言的父亲是严厉的。在莫言兄弟的记忆中,父亲常年不苟言笑。莫言小时候较为顽劣,但对父亲极为畏惧,听到别人提及父亲就吓得手脚发麻。"不管我们是处在怎样狂妄喜悦的状态,只要被父亲的目光一扫,顿时就浑身发抖,手足无措,大气也不敢再出一声了。"莫言写父亲时,有时说父亲并不打骂于他,如描写父亲的散文《我的父亲》《父亲的严厉》;有时又提到父亲的暴力管教,尤其是经常被提及的"偷萝卜"事件,多个叙事版本都提到莫言因偷萝卜被批斗,回家后遭到一顿毒打。这次应该是"狠狠地"被打了一顿。莫言早期创作中有较多孩童和父母关系扭曲、紧张的一面:"莫言笔下的农村孩子都是或多或少患有身心障碍的,他们常和父母的关系不亲密,而父母的形象又是在历史与现实的重负面前经常地处在压抑和发泄的高峰状态。"[1] 莫言写到家庭当中父母对孩子的责打，不断地重复"狠狠"这个词，可能是父母情结断裂的自然流露。而这种断裂，既是莫言对农村特殊时期人性异化的想象性呈现，也可能"是一种遥远的情绪记忆在起作用"[2]。其间的心理感受，主要来源于威严的父亲。莫言大哥管谟贤也曾说家里兄弟姐妹都挨过父亲的打，父亲脾气暴躁，回到家就逮着老婆孩子撒气。

在一个十几口人的大家庭中生活，零敲碎打的矛盾、摩擦很多，往往不是特别大的事情，没法拿到台面上讨论个谁是谁非。然而带给人的压抑、苦闷却是实实在在的，尤其"有苦说不出"，更增加了孤独无语的可能性。莫言目睹母亲身为这个大家庭的长媳、长嫂所做的隐忍与牺牲，承受的误会和偏见，看到经济困难时期母亲受到的冷待和忽略，直至人到中年莫言依然意气难平。即使谅解那冷待本质上不是因为人性之恶而罪在世道艰难，莫言仍然从母亲身上体会到人生来受罪的生命苦涩感。

至亲之间的关系模式，可能是莫言对人性复杂性的最早体察。在大家庭中，莫言敏感地察觉到因为婶婶的精明强势、牙

---

[1] 程德培. 被记忆缠绕的世界：莫言创作中的童年视角. 上海文学，1986（4）.

[2] 同①.

第一章
故土经验与精神原乡

尖嘴利，奶奶对婶婶有所顾忌，对母亲却多有苛责。爷爷奶奶的偏心也延续到了对待孙辈上。莫言觉得自己"长得丑，饭量大，干活又不麻利，在爷爷奶奶眼里，更是连狗屎都不如的东西。我从小就感觉到爷爷和奶奶的目光像锥子一样扎我"[1]。小时的莫言不仅"丑、懒、馋"，而且常常做一些出格的坏事，给家里惹了很多麻烦，因而在爷爷奶奶那里格外不受待见。莫言承认自己是一个有"劣迹"的坏孩子，不被喜欢有客观原因。家人的厌恶不像外人那般坦然直接，往往夹杂着更复杂的感情。奶奶把莫言和堂姐比作手指头，一样心疼。但莫言觉得这是虚伪的表白，"我想我顶多算个骈指"——无用、多余、有碍观瞻。这些被看低、冷待的经历，在孩童时期并未显现其影响。尽管莫言对童年的追记经常带着饥饿和孤独的浓重阴影，但那时莫言和其他孩子一样天真而茫然地游戏和打闹着，没心没肺地享受着独属于孩子与农村的欢乐。家庭不公平的细节在某一个瞬间浮现，又被热闹爱玩的喧哗淹没。当告别童稚的懵懂，那些被忽略的体验浮现出来，长成不公和被贬低的精神伤痕；当莫言成为作家，每一个记忆与生活的片段被放大凝视，他从人性的深邃幽微之处咀嚼出孤独。

家庭之外的农村环境，对于莫言而言也是爱恨交加的矛盾

---

[1] 莫言. 从照相说起 // 莫言散文新编. 北京：文化艺术出版社，2009：63.

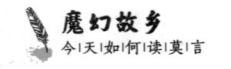

综合体。抽象层面上，农村社会的民间伦理、乡野精神、世俗传奇滋养了莫言；而具象经验上，莫言提及农村和村里人时，常有不愉快的记忆。莫言挨饿时，看到公社书记等"干部"身份的人有粮吃，在村里人饿得走不动时，他们可以打野物佐餐；自己抓了螃蟹，不舍得贪图嘴巴享受，"三分钱一只卖给公社干部"。有意无意的对比中，"挨饿者"莫言与"饱食者"仿佛站在对立的两端。当莫言因为挨饿而偷萝卜，被罚跪请罪批斗时，羞愧、弱小、恐慌的烙印让他终生难忘。政治狂热和饥饿现实的奇特背景下，偷萝卜的羞耻不安和被批判的自我怜悯汇聚成少年莫言的孤独。不幸的是，类似的事件一再发生：偷马料时被抓住，头被按到泔料缸差点呛死；偷西瓜被看瓜人拿土炮枪打，押送至学校人尽皆知；抓熟食档上的猪肉，差点被砍掉一只手……莫言的"偷食记"是一部丰富的农村少年传奇。脱离了少年时期顽劣调皮、好玩好笑的无知无觉，成年莫言回望往事察觉其间的不幸与辛酸，是创作的财富和源泉，也是无法抚慰和不可弥补的孤独。

逐渐长大的莫言察觉了自己和农村的格格不入，他急切地想摆脱农村。最初是尝试考大学，村里人嘲笑莫言不知天高地厚，也嘲笑莫言梦想的虚无缥缈，嘲笑莫言不能如他们一般安分守己、默然认命。农民的狭隘短视和乐天知命仿佛一体两面，莫言无法与其言说自己对大千世界的渴望，也无法向其描绘改变现实与命运的可能性。无法融入周围环境让莫言感觉孤独，而跳出小环境的艰难让莫言感到绝望。

莫言开始创作时，他仍然对农村无望改变的死寂感到不寒而栗。他曾经写过一篇散文《美丽的自杀》，写了多位自杀的农村年轻女性。其中，有一对姐妹之死，格外让人感伤。她们在外国电影上看到另外的生活形态：优雅、文明、浪漫、美好。而她们终此一生，不可能进入这样美好的世界。对照周遭的困窘落后、粗陋鄙俗，她们选择用自杀摆脱这一困境。七八十年代中国农村女性的自杀率很高。对此事实，不同领域有不同的分析。而莫言从向往美好而不可得的绝望处境出发，写出了他的愤怒、无力和悲哀。在这样的环境下，莫言不能不孤独。

家庭关系和农村环境对莫言孤独的锻造是漫长而隐性的，而家庭成分带来的边缘现实和孤独感却是立竿见影的。

莫言创作的成功有赖于乡村经验，绝大多数作品书写的是农村场景，因而我们习惯于把莫言视作农民。但研究者发现莫言出身于书香世家，莫言的七世祖嘉祯、嘉福兄弟都是明朝嘉靖年间进士，其高伯祖笃庆则是前清秀才[1]，到了祖父这一辈，莫言的大爷爷受科举教育，如果不是废除科举制度，大概率仍然走科举致仕之路，后来转为研究医学，成为当地卓有名

---

[1] 叶开. 莫言评传. 郑州：河南文艺出版社，2008：17.

气的中医。在划分成分的时代背景下，大爷爷被划为地主；同时，大爷爷家唯一的儿子在台湾。这在当时都对莫言的家庭造成了很大的影响。莫言的爷爷在三个兄弟中排行第二，土地改革时被定为富裕中农。在讲究阶级斗争和政治身份的时代，这样的家庭背景势必给莫言带来一定的精神压力。莫言的父亲管贻范在年轻时即较为活跃，"自共产党一来就参加了村里的工作"，在建立人民公社时主动带头入社，虽然成分是中农，但是比贫农还积极。尽管表现进步，莫言的父亲仍然因家庭成分而受牵连，属于地位摇摆的"团结对象"。莫言的父亲因此有极大的心理负担，为人处世极为谨慎；在家人看来，他一直忍气吞声，夹着尾巴做人很多年。

土改时莫言尚未出生，但他的成长期在"大跃进""文化大革命"中度过。1966年之前，莫言最刻骨铭心的生命体验是饥饿；家庭成分的压力和阴影更多由心事重重的父亲承受，作为"中农"第三代的莫言及其兄长所受影响不大。对莫言而言，家庭成分带来的直接精神创伤是被剥夺了升中学的资格。此前，尚是孩童的莫言是政治运动不自觉的参与者和懵懂的异化者，失学事件使莫言成为受害对象。莫言认为事件的直接起因是撞见了老师间的调情，并将之宣扬。这件事发生一年后，莫言应该升入中学，却被剥夺了上中学的权利。老师的理由是："上边有指示，从今之后，地富反坏右的孩子一律不准读书，

第一章
故土经验与精神原乡

中农的孩子最多只许读到小学,要不无产阶级的江山就会改变颜色"[1]。当初一起宣扬甚至更过火的同伴是烈属后代,因而未受影响,只有莫言因为中农家庭背景而受报复。这时,莫言12岁,成为一名人民公社的小社员。

在此之前,孤独像一粒潜伏的种子;辍学则是直接而显性的孤独处境。一方面,家庭成分对个人命运的影响不再只是父辈无形的恐惧,辍学事件后莫言个人也开始直接承受家庭成分的影响,而他不知道这种影响将持续到何时、将如何作用于他的未来,一切都浸润在带有恐惧的茫然中。另一方面,辍学将莫言与他的同龄人划分开来,这种孤独的现实太过鲜明粗暴、无可回避。莫言再三强调,农村也并不是全然灰暗的,那时人们有他们特殊的快乐。对于莫言来说,1966年之前他的快乐经验一部分来源于孩童天真无忧的天性,一部分来源于莫言本人奔放不羁的"坏孩子"个性。同时,农村聚居的生活方式让孩童莫言处于呼朋引伴的热闹中,乡野的开阔、大自然的疗愈、集体生活的热闹与传奇,有效屏蔽了政治阴影,延迟了莫言对中农家庭出身的感受时间。但因为辍学,莫言从孩子和同伴中被孤立出来,大家的生命经历有了分野。之前无法无天、无忧无虑的野孩子强烈地感觉到抽象政治对具体人生的操弄。当时

---

[1] 莫言. 我的中学时代//莫言散文. 杭州:浙江文艺出版社,2000:9.

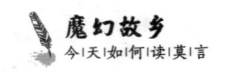

他没法对此做清晰的理性分析，苦闷情绪和孤独感受在那种生存处境之下油然而生。

【经典品读】

> **《讲故事的人》中关于孤独感的段落**
>
> 当我牵着牛羊从学校门前路过，看到昔日的同学在校园里打打闹闹，我心中充满悲凉，深深地体会到一个人，哪怕是一个孩子，离开群体后的痛苦。
>
> 到了荒滩上，我把牛羊放开，让它们自己吃草。蓝天如海，草地一望无际，周围看不到一个人影，没有人的声音，只有鸟儿在天上鸣叫。我感到很孤独，很寂寞，心里空空荡荡。

当莫言牵着牛羊走向村外时，他有意识地避开学校，怕同学看到。独处于天地之间，莫言对自然、动物和神秘的声音与传说有了更静谧的机会去体验，沉静与孤独强化了莫言对于土地、自然的感知，"使他耽于幻想，炼出发达的想象力，以幻世之美替代现世苦难不幸，谱出了想象之世的辉煌乐章"[①]。孤独让莫言有机会亲近和感受自然与土地，在广阔和安静中感

---

① 叶开. 莫言的文学共和国. 北京：北京大学出版社，2013：42.

第一章
故土经验与精神原乡

官日趋敏锐,这一经验记忆日后反刍,影响了莫言"感觉"爆炸、感知幽微细腻的书写特色。莫言本人在梳理其创作影响时,将孤独当作重要的创作财富,"但是当时精神上是非常苦闷的"[①]。饥饿与孤独,分别代表了莫言对故乡物质环境和精神状态的概括。如果说饥饿是故乡带给莫言的生理恐惧,孤独则折射出莫言与周边环境格格不入,对现实不满、排斥的精神状态。莫言对远方的向往与诗歌无关,其本质是逃离高密东北乡的现实欲望。

---

① 莫言,大江健三郎. 寻找红高粱的故乡:大江健三郎与莫言的对话 // 南方周末,2002-02-28.

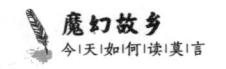

走出故乡

1966年到1973年，莫言一直在农村。"先是放了两年牛羊，接着下地割麦，后来去参加挖河修桥的劳动。这位寻找不到自己位置的公社小社员，在贫苦的乡村生活中艰难地前行着。"[1]劳动繁重而生活困苦又枯燥，莫言竭尽所能想要离开农村。最早的逃离是因为五叔的关系，离开村子到县棉花厂做了合同工。这一时期，莫言只是暂时摆脱农村，临时工的身份并未保障莫言能彻底脱离农村；但工厂的工作经历，已经让莫言体验到"城里人"的生活与农村生活之间的巨大差异，逃离乡村、逃离高密东北乡的决心更加坚定了。

【经典品读】

《超越故乡》中描写故乡矛盾情感的段落

十八年前，当我作为一个地地道道的农民在高密东北

---

[1] 林间. 莫言和他的故乡. 厦门：厦门大学出版社，2013：65.

第一章
故土经验与精神原乡

> 乡贫瘠的土地上辛勤劳作时，我对那块土地充满了刻骨的仇恨。它耗干了祖先们的血汗，也正在消耗着我的生命。

1970年代，对于农村子弟而言，跳出农门的渠道很少。参军是农村青年改变个人命运的一种方式，同时也能给家庭带来荣誉。1976年之前，莫言已多次报名参军，都没有如愿入伍；主要原因还是当时极为重视政治背景，他受家庭成分影响。参军不成，莫言极为愤慨和无奈，将之视为农村基层腐败弄权的一种黑暗表现。最终，莫言在1976年得以参军，可谓机缘与个人努力的双重结果：当年，符合参军条件的临时工不用回村里而是在工厂就地报名，对莫言来说这有效地避开了村中"有心之人"的干扰甚至破坏；同时，莫言在平时比较注意"团结"朋友，在招兵时委托朋友给领导带信表明自己迫切希望进部队的心情。最终，莫言如愿入伍。

但在莫言看来，他的入伍是招人怨恨妒忌的：宣布入伍名单时，有人公开怒骂；入伍通知书是民兵连长气呼呼地扔给他的；离开村里时，也没有按惯例戴大红花参加欢送入伍的仪式。甚至，直到莫言到部队以后，还有人写信给部队反映莫言中农成分和有"海外关系"的家庭情况，希望能将莫言"清除"出部队。这时，家乡对于莫言来说更像是摆脱不掉的阴

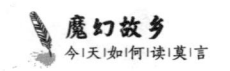

影,"我感到一种威胁,感到这个村庄伸出无数双手要把我拖回来"。

如果不能入党提干,复员转业仍需回农村去。为此,莫言有许多审时度势的机变行为:别的战士在领导面前打扫卫生自我表现,而莫言却深知这种一目了然的表现太过肤浅,他更为"聪明"地专门在领导不在时挖厕所,并坚持了几年,这种低调而持续的努力无疑影响更大;在连长与指导员有内部矛盾时,不像别人那样急于争功表现,而是敏锐地选择韬光养晦;为了在领导心中留下勤奋刻苦的印象,睡觉时也不熄灯……

这些"有损形象"的往日故事,往往出自莫言的自我坦白,坦白里有自我剖析的诚实和魄力。这种处世的圆滑和周全,是生存策略催生出的市侩与无奈。莫言研究专家张清华曾经以"尺蠖精神"评价莫言的处世之道:"它是自为性的而不是以嘲弄生活和他人为目的的"。这种深谙世态人情的智慧与行为逻辑在莫言的人生中一以贯之地延续着,他在中国人民解放军艺术学院(简称军艺,现名为中国人民解放军国防大学军事文化学院)期间吃苦耐劳、坚持出勤,与同侪友人相处时谦和有礼,演讲座谈时了解听众心理,获得诺贝尔文学奖之后清醒低调,面对批评时克制内敛。不同的是,对人性的洞察在生存发展时是无奈的狡狯与哗众取宠,转化为文学创作的思想底色时,一方面升腾出对现

第一章
故土经验与精神原乡

实的愤怒与批判，另一方面也酝酿了对众生万物的体谅和温厚。

在部队基层干了四年，莫言虽然很受重视但还是因政策变动、提干提高了学历要求等因素，在正常渠道下提干机会渺茫。在无奈中，莫言只能另寻出路。

当时社会上很重视文学创作，写出一篇好的短篇小说就能闻名全国。莫言将希望寄托在文学创作上，希望"曲线救国"得以提干。这段时间，莫言写了《灾难的余波》《闹戏班》等小说，但都未发表。直到1981年，莫言的处女作《春夜雨霏霏》发表，从此开启了其文学人生。发掘莫言的伯乐是《莲池》杂志的编辑毛兆晃。在毛兆晃的帮助下，莫言又在《莲池》连续发表了《丑兵》和《为了孩子》。这些作品的相继发表给莫言带来了一定的知名度。1982年，在进入部队6年之后，27岁的莫言被提为正排级干部，同年被调到北京郊区延庆做部队新闻干事。提干对莫言意义重大，他认为提干比获得诺贝尔奖更让他激动。参军是莫言逃离家乡的开始，但在提干之前，那只是短暂的逃离，而提干则意味着莫言真正跳出了"农门"，摆脱了复员返乡后再次面对饥饿和孤独、歧视与嘲讽的命运，如莫言自己所说的"和地瓜干子离了婚"。莫言，终于彻底逃离了高密东北乡。

如果说《莲池》编辑毛兆晃是第一位发现莫言创作才能的

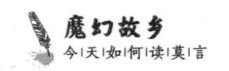

伯乐，在莫言早期创作阶段起到重要作用的话，那么老作家孙犁以独到眼光对莫言创作特点的发掘与批评，则给文学新秀莫言以巨大的鼓舞和激励。1983年，莫言发表《民间音乐》，这篇小说引起了孙犁的注意。在一篇总结青年创作的观察性文学评论中，孙犁以两百多字的篇幅评价莫言，重点肯定了莫言的语言有空灵之美。

然而，莫言在创作道路上的突破性转折点，则与军艺有关。1984年，写作《西线轶事》的著名作家徐怀中领衔创办了军艺文学系，莫言就是第一届学员。莫言报名军艺的过程十分曲折，充满了20世纪消息闭塞、程序烦琐然而又灵活、变通的时代特色。莫言在外派学习的过程中偶然得知军艺招生，觉得这是一个千载难逢的机会，毅然回原单位申请参加考试。

自1966年失学以后，莫言对自己只有小学毕业的学历耿耿于怀。明明自己在文化水平上远远超过那些真正念过中学的高中毕业生，甚至能够给学历比自己高得多的人上课，但一些讲学历的场合给他带来很多尴尬。一到填个人学历时，莫言就很纠结。进棉花厂时，自己小小地提高了一下学历，填了初中一年级却被了解内情的人当众揭穿。这个"伪造"学历的经历也同样具有时代特色，从报名当兵到写入团申请，莫言一路把学历提升到了高中一年级。若能进军艺学习，对莫言来说是一个圆大学之梦的机会。客观上，莫言从军艺文学系毕业，拿到大专学历，终结了被迫造假的学历尴尬。

经过较为复杂的流程获得批准后，报名时间已经过了。莫言不死心地带着自己的作品和孙犁提及自己的评论文章勇闯军艺文学系，最后因徐怀中对《民间音乐》的赏识，认为莫言可以在文学创作上有所作为而被破例接受。1984年8月，莫言进入军艺学习，迎来了创作的第一个高峰。

军艺教育经历对莫言的影响可谓深远。军艺文学系第一届学员基本上是部队系统最优秀的创作人才。莫言当时的同学中已经不乏举国闻名的作家，如写《高山下的花环》的李存葆、写《蓝军司令》（合作）的钱刚这时已分别获得全国优秀中篇小说奖和全国报告文学奖。与他们相比，莫言未免有些底气不足，有点自我保护地刻意"妄自菲薄"，几乎逢人便说自己"不值一提，我就是来瞎混的"[①]。高水准的同学没有变成压倒莫言的压力，反而成为激发莫言想要"超越"和写出不一样的作品的参照体系。这个时期莫言的两部重要作品——《透明的红萝卜》和《红高粱家族》——成篇之前，即受到在军艺参与讨论和文学批评的启发。某种程度上讲，恰恰是知名同学的存在，成为莫言写作创新的挑战高度。

军艺对莫言的另外一个重要影响来源于文学系主任徐怀中

[①] 张晓然. 从部队业余作者到诺贝尔文学奖得主//徐怀中，等. 乡亲好友说莫言. 济南：山东大学出版社，2013：116.

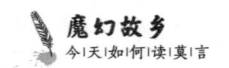

包容大度、宽松自由的教育理念。军艺广邀名师开系列讲座，这些当时看起来天马行空、对创作没有直接作用的课程，对莫言有知识爆炸的洗礼式影响。这种影响并不体现为知识概念或者知识框架，而是在貌似松散、没有体系的高强度信息刺激下，思想受到启发，灵感得以触发。在莫言的回忆中，"中央工艺美术学院孙景波老师的美术讲座，用幻灯的方式，向我们展示了数百幅精美的图画，其中一幅原始时代的老祖母的雕塑图片，成为我一部重要小说的灵感源头"[1]。

军艺的这种授课方式，让莫言这一代缺少完整学校教育的作家，在较短的时间里接受了尽可能多元而丰富的知识冲击，而这种冲击带来的根本变化是撼动了旧有文学观念。在此之前，莫言的创作往往是主题先行的自我命题写作。如《春夜雨霏霏》虽然语言场景上不乏清新，但主题却未能跳脱"舍小家为大家"这个千篇一律的主题，人物形象也没有突破千人一面的单薄刻板。军艺学习的经历带给莫言多元化撞击，使其创作"实现了革命性的转变"[2]。

也是在军艺学习期间，莫言的阅读视野开阔了。与过去相比，1980年代的阅读环境变得开放包容，大量的国外翻译作品和本土优秀作品爆发式地涌到读者眼前。求知欲旺盛的莫

---

[1] 莫言. 回忆"黄金时代". 解放军艺术学院学报，2008（3）.
[2] 林间. 莫言和他的故乡. 厦门：厦门大学出版社，2013：88.

第一章
故土经验与精神原乡

言像"像饥饿的牛突然进了菜园子一样"[①],开始了疯狂的恶补式阅读。其中,西方现代主义和后现代主义思潮及其叙事方式极大地刺激了莫言,而对他影响最大的莫过于福克纳和马尔克斯。

福克纳的"约克纳帕塔法县"对莫言的"高密东北乡"写作有直接影响,已然是今日莫言研究的共识。莫言对此并不讳言,他极为详细地记录了自己读到《喧哗与骚动》的激动:"读了福克纳之后,我感到如梦初醒,原来小说可以这样地胡说八道,原来农村里发生的那些鸡毛蒜皮的小事也可以堂而皇之地写成小说。"[②]在此之前,莫言对于自己应该写什么是迷茫的,他与自己笔下的文学世界总是有种无法跨越的隔阂。在当时的创作环境之下,"正确"的写法让莫言感到茫然。福克纳是一束照进莫言理念世界的启蒙之光,让他恍然惊觉鸡毛蒜皮的经验真实中蕴含着广阔无垠的写作宝藏。通过阅读福克纳、马尔克斯等西方现代主义和后现代主义作家的作品,莫言"接受了各种各样的文学思潮的冲击,冲掉了原来脑子里带有很浓政治色彩的文学观念……通过这个过程发现自我找到自我,找

---

① 莫言.我为什么写作:在绍兴文理学院的演讲//讲故事的人.杭州:浙江文艺出版社,2020:164.

② 莫言.福克纳大叔,你好吗:在加州大学伯克莱校区的演讲//讲故事的人.杭州:浙江文艺出版社,2020:32.

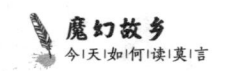

到自我也就找到了文学"[①]。莫言逐渐明晰了自己的写作方向和写作对象，逐渐探索出一条写民间和乡野、写普通人和乡间琐事的创作之路，文学主题、叙事结构、语言风格全方位突破既有现实主义文学的宏大叙事模式。自此，莫言的文学探索不再漂浮无主，找到"高密东北乡"文学之根的莫言不再苦恼写什么，可写的东西喷涌而来，多得写不过来。

莫言沉浸在狂热的写作亢奋之中。这个狂热的写作时期不仅是莫言的黄金时代，也是中国当代文学创作活跃澎湃的一个黄金时代。当事人回忆军艺那段疯狂的写作时期，想到的是灯火通明、通宵达旦的创作情景和走廊中弥漫的方便面味道。在这种竞赛式的写作氛围中，"每个宿舍都像车间，大家的创作热情之高，创作速度之快，今日回想，如同神话"[②]。这时，莫言创作出了其成名作《透明的红萝卜》。

《透明的红萝卜》中，莫言用清新又稍显怪诞的语言描写出特殊时期的农村现实。一方面，以一个缺少温情和关爱的怪孩子黑孩写出了农村贫穷、饥饿的现实，另一方面也以孩童天真稚趣的视角观察着农村的活力和欢乐、鄙俗与丑陋。小说的叙事设计通过两条线索展开。一条是黑孩在工地上受到善良的菊子姑娘和小石匠的关怀，而备受虐待和打骂的黑孩根本不知

[①] 莫言,刘颋.我写农村是一种命定：莫言访谈录.钟山,2004（6）.
[②] 莫言.回忆"黄金时代".解放军艺术学院学报,2008（3）.

第一章
故土经验与精神原乡

道如何回应别人的善意,甚至狠狠地咬了菊子。菊子和小石匠两个年轻人在保护黑孩的过程中,彼此发展出炽热的感情。另一条线索是黑孩跟随铁匠工作时,看到老铁匠保留着打铁的核心机密不肯传授给小铁匠,小铁匠最后悟到成败的关键秘密在于水温,将胳膊探入水桶尝试,老铁匠在大势已去的恐惧中徒劳无功地烫伤了小铁匠的胳膊。同时,飞扬跋扈的小铁匠对青春健美的菊子也怀有隐秘的爱恋之意,这种爱恋发展成小铁匠和小石匠之间的激烈竞争,打斗中菊子被石片戳瞎了一只眼睛。

文中反复出现的"红萝卜"是现实素材和梦境的混合产物。莫言小时偷萝卜被抓后,本就因为家庭成分而战战兢兢的父亲又惊惧又羞愧,重重地鞭打了莫言。萝卜变成莫言心中一个对之向往但又连接着痛苦的情结。在军艺学习期间,莫言梦到一个闪闪发光的红萝卜。这个美丽而带有神秘色彩的意象很快被他编织进文学作品中,成为营造朦胧意境的重要载体。在小说中,一直饥饿的黑孩受小铁匠驱使偷萝卜,笼罩在火光中的萝卜,在黑孩眼中幻化成为流动着银色液体、散发着光晕的透明红萝卜。这里的幻化描写展露出黑孩在饥饿之外强烈而不自知的向往之心,对美好、纯净、诗意的朦胧追求。那个灵光一现的萝卜消失后,黑孩拔起了一整块地的萝卜,却再也没有透明的红萝卜。与以往好坏分明、人物典型、故事明朗的作品相比,《透明的红萝卜》借助怪诞的、异于常人的黑孩和隐晦

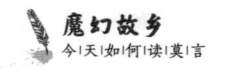

迷离的红萝卜，营造出一种空灵诗意但却含糊暧昧的复杂效果。莫言有意识地暂时悬置了同情体恤或鞭挞批判的价值立场。在明朗地书写了健壮有力的青春肉体、劳动场所的俚俗欢快、茂密黄麻地的野性旺盛场景后，莫言让一切走向了颓败、破坏和忧伤：菊子姑娘无辜伤残、老铁匠黯然退场、小铁匠失意苦闷、黑孩执迷于红萝卜而精神失常……这是诗意却沉重的乡村，荒诞而悲怆的时代。

【经典品读】

《透明的红萝卜》经典段落

他看到了一幅奇特美丽的图画：光滑的铁砧子，泛着青幽幽蓝幽幽的光，泛着青蓝幽幽光的铁砧子上，有一个金色的红萝卜。红萝卜的形状和大小都像一个大个阳梨，还拖着一条长尾巴，尾巴上的根根须须像金色的羊毛。红萝卜晶莹透明，玲珑剔透。透明的、金色的外壳里包孕着活泼的银色液体。红萝卜的线条流畅优美，从美丽的弧线上泛出一圈金色的光芒。光芒有长有短，长的如麦芒，短的如睫毛，全是金色。

显然，《透明的红萝卜》在主题、写法、意境、语言上都

第一章
故土经验与精神原乡

迥然不同于既有的文学书写。《透明的红萝卜》发表之后，莫言开始在全国范围内受到关注，其面目一新的文风引起广泛讨论。梳理莫言的个人创作史，可以说军艺时期对莫言有至关重要的影响，"莫言是从'军艺'正式踏上文学道路的"[①]。

《透明的红萝卜》之后，莫言紧接着创作了《白狗秋千架》《球状闪电》《金发婴儿》等一系列作品。在1980年代，相较于当时的收入水平，写作的稿费较为丰厚，据莫言回忆，同学中靠写作成为"万元户"的不乏其人。这一时期莫言创作热情丰沛，作品接连不断，拿到很多稿费，同学戏称其为"头号造币机"。

《透明的红萝卜》举国闻名的成功以及《白狗秋千架》等乡村题材写作的被认可，让莫言更为坚定自己写农村、写高密东北乡的创作方向，"此后关于故乡的小说就接二连三滚滚而出，就像喷发一样，那时候对故乡记忆的激活使我创造力非常充沛"[②]。现实生活中，莫言一直在努力逃离故乡。而在情感和文学创作的角度上，莫言却永远无法摆脱故乡的影响，甚至只有接受乡野的哺育，莫言才能写出与众不同的作品。物理空间上逃离高密东北乡13年之后，莫言借着黑孩（《透明的红

[①] 林间.莫言和他的故乡.厦门：厦门大学出版社，2013：89.
[②] 莫言，夏榆.茂腔大戏：2001年6月与《南方周末》记者夏榆对话//莫言.莫言对话新录.北京：文化艺术出版社，2010：313.

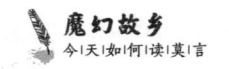

萝卜》）、井河与暖（《白狗秋千架》）、紫荆（《金发婴儿》）等乡野形象"一步步地、不自觉地向故乡靠拢"。文学创作的过程，也是莫言精神返乡的旅程。在对高密东北乡的精神回望中，他开启了"红高粱家族"的故事。

【我来品说】

> 1. 通过阅读上文，你认为高密东北乡对莫言有哪些影响？你在哪些作品中看到了高密东北乡的影响？
> 2. 如何理解莫言对高密东北乡的书写？

第二章 野性张扬：《红高粱家族》

> **导读**
>
> 从1981年《春夜雨霏霏》起，至1986年《红高粱》发表，短短五年间莫言实现了跨越式的三连跳。如果说在省级刊物上发表《春夜雨霏霏》是莫言创作的起步，《透明的红萝卜》在全国范围内引起文学界关注，那么《红高粱》的发表与影视改编则让莫言走出国门，获得国际影响和知名度。《红高粱》到底具有怎样的独特魅力呢？

第二章
野性张扬：《红高粱家族》

1986年，人们在《人民文学》第3期上看到了莫言的中篇小说《红高粱》。当时的中国文坛，已经从压抑喑哑的文化氛围中解放出来，迎来了文学创作的活跃期。一方面是老作家长期累积的创作潜能集中爆发；另一方面是思想解放、注重人才的新时代中成长起来的新作家踊跃发声、积极探索文学的创新。在此背景下，既有的主流文学和各种新文学形式的探索实验彼此交织，形成了1980年代文学的黄金时代。《红高粱》之前，莫言已经发表了他的成名之作《透明的红萝卜》。《红高粱》延续了莫言此前的文学探索精神，但与《透明的红萝卜》相比，《红高粱》在重新建构农民与英雄形象、探析历史的丰富与细节、对人性进行阐幽发微方面，无疑走得更远。加上技巧上的刻意求新，如心理化语言、故事线索的跳跃拼嵌、意识流情节和后设叙事等令人目眩的"炫技"，《红高粱》既给当时中国读者带来了耳目一新的阅读感受，也在相当

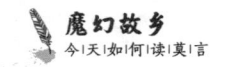

程度上冲击和撼动着人们固有的文学观。事实上，在发表之前，《红高粱》就吸引了《人民文学》《十月》等刊物编辑的注意，并受到老作家王蒙的赞赏。发表之后，在批评界引起了广泛的讨论，可谓轰动一时。《红高粱》基本奠定莫言在文学界、批评界中"重要青年作家"的地位。

《红高粱家族》一版一印书影

《红高粱》的大受肯定，打消了莫言"文学能不能这样写"的犹疑。一个中篇《红高粱》没有写完莫言对故土和生活在故土乡野之上的人们的沉思，半年之内莫言以喷涌勃发之势又写出了《高粱酒》《高粱殡》《狗道》《奇死》四部小说，五部小说共同组成《红高粱家族》长篇小说。那么，《红高粱家族》到底写了怎样的故事？莫言又是如何讲述这个故事的？

高粱地里的战争与爱情

下文所引即《红高粱》开篇所建构的背景,《红高粱家族》的叙事主干设置在1930年代后半段到1940年代前期山东高密一带的时空背景之下,同时穿插着作为孙辈和叙事者的"我"1950年代以后部分记忆与听闻。如果摆脱莫言刻意设置的时间迷宫和旁逸支线,故事可以简单概括为"我"爷爷余占鳌在高密东北乡的土匪生涯和抗日经历,以及余占鳌与"我"奶奶戴凤莲的爱情传奇。

【经典品读】

《红高粱》开篇段落

天地混沌,景物影影绰绰,队伍的杂沓脚步声已响出很远。父亲眼前挂着蓝白色的雾幔,挡住了他的视线,只闻队伍脚步声,不见队伍形和影。父亲紧紧扯住余司令的衣角,双腿快速挪动。奶奶像岸愈离愈远,雾像海水愈近

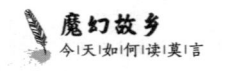

> 愈汹涌,父亲抓住余司令,就像抓住一条船舷。
>
> 　　父亲就这样奔向了耸立在故乡通红的高粱地里属于他的那块无字的青石墓碑。他的坟头上已经枯草瑟瑟,曾经有一个光屁股的男孩牵着一只雪白的山羊来到这里,山羊不紧不慢地啃着坟头上的草,男孩站在墓碑上,怒气冲冲地撒上一泡尿,然后放声高唱:高粱红了——日本来了——同胞们准备好——开枪开炮——

　　《红高粱家族》是探讨战争背景下民众生存现实与精神转变的经典之作。莫言创作《红高粱》的契机,是文学界对战争小说、军事文学的热烈讨论——1985年是抗日战争胜利40周年,因而在1985年之前敏感的文学创作和文学批评先行反应,已经掀起如何纪念和书写抗战的思考热潮。据莫言回忆,在一次军事题材小说座谈会上,老作家指出:中国革命历史漫长,但是缺乏军事题材的经典小说;而就书写军事题材的现实来看,老作家创作的黄金期已过,新作家又没有战争经验,因此对军事文学的未来充满忧虑。莫言参加了这次座谈会,他认为没有经历过战争历史的人可以另辟蹊径,不强调经验真实而重在复现感觉真实和考察人性,舍弃正面描写战争转而描写战争对人的精神的影响。

这次讨论之后，莫言创新战争叙事的思路逐渐清晰起来，而故事的素材早已积淀在莫言心中静待时机。1983年春节，莫言回家乡高密，从朋友张世家那里听说了公婆庙惨案的情况。高密人民素朴的抗日活动和侵略者对高密人民的屠戮给莫言留下了深刻的印象，就此"埋下了一颗红高粱的种子"。当莫言直接面对如何描写战争与抗日历史的问题时，埋下的种子破土而出，撞响了创作的灵感之钟。

公婆庙惨案

1938年，高密抗日力量在孙家口组织抗日伏击战，消灭了一支日军小队并击毙一名日军中将；伏击战几天后，日本军队大举报复，包围公婆庙，屠杀上百名老百姓并放火烧村，制造了公婆庙惨案。

《红高粱家族》描写了日本侵略者屠杀高密百姓的历史事实，揭露了殖民者残忍血腥的真实面目。在县志等地方文献基础上，莫言仿拟县志的写法记录日本侵略者对高密的掠夺破坏："日军捉高密、平度、胶县民夫累计四十万人次，修筑胶

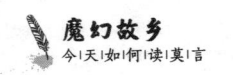

平公路，毁稼禾无数。公路两侧村庄中骡马被劫掠一空。"①更为惨烈的，是日军对手无寸铁的中国人无差别屠杀。根据口述文献，日军在公婆庙惨案中的恶行残暴血腥，包括活剥人皮、给孕妇开膛、活埋和火烧平民等。莫言在《红高粱家族》小说中还原了这些暴行。

《红高粱》中，忠厚老实的罗汉大爷安分守己、老实做活、与世无争，被日本鬼子强行拉去做民夫筑路。因他在工地上铲伤了日本人抢来的骡子，日军不仅将罗汉大爷暴打得不成人形，为了起到震慑百姓的目的，更残忍地将罗汉大爷当众凌迟剥皮并示众。莫言冷静犀利地描写了剥皮的过程，这种对暴力的沉浸式书写一度受到批评，但莫言认为唯有如此描写才能冲击远离战争的读者，以阅读痛感唤起读者对日本侵略行径的憎恶与批判。

到了《红高粱家族》小说最后一篇《奇死》，莫言用整整三节呈现日军的集体屠杀场景。魔鬼的屠刀不分对象，哪怕早早跪下来臣服的顺民也一样无法苟活。《奇死》中的成麻子是具有一定代表性的顺民典型。在日本占领高密、村人惶恐不安的时候，成麻子本着做好奴隶的生存哲学到处宣扬："你们怕什么？愁什么？谁当官咱也是为民。咱一不抗皇粮，二不抗

---

① 莫言. 红高粱家族. 杭州：浙江文艺出版社，2020：13.

第二章
野性张扬：《红高粱家族》

国税，让躺着就躺着，让跪着就跪着，谁好意思治咱的罪？你说，谁好意思治咱的罪？"①然而，如成麻子一样愚昧天真的国人无法想象日本侵略者的残暴程度，这是一个"想做奴隶而不得的时代"。这个麻木又带点自私的农民，给日本人带路之后所面对的是家人惨死的现实。之后成麻子参加抗日队伍英勇奋战，但仍然无法摆脱罪孽阴影，披着一张狗皮上吊自杀。大屠杀中村庄如同大河决堤一般，爆发出猪嚎一般的惨叫、女人的嘶叫、孩子的号哭。二奶奶徒劳无功地上门闩、擦灰、在怀孕的肚子上塞包袱、把腰带打结，祈求能逃过日本人的玷辱。然而无论怎样的努力都抵不过侵略者的兽性。农村乡野间，中国农民将无解的幽暗恐惧投射到野兽身上——在这一节里，日本兵在二奶奶眼中反复幻化为让人厌恶又害怕的黄鼠狼。不义之战卷动之下的人，已经魔化成怪兽。集体受到军国主义荼毒的日本人，如果只是个体，是否依然会犯下罪行？莫言的痛苦追问无法从假设中得到解答。他只在《红高粱家族》记下刻骨铭心的伤痕：罗汉大爷被剥皮、"我"奶奶被日军枪炮打死、二奶奶被轮奸蹂躏致死，小姑姑被日本人刺刀挑死、"我"爷爷被抓去北海道做劳工……

红高粱地上的中国农民，隐忍、瑟缩着求生存，在家破人

---

① 莫言. 红高粱家族. 杭州：浙江文艺出版社，2020：321.

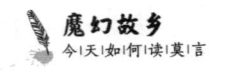

亡、村庄覆灭时终于认识到覆巢之下无从苟安。以叙事者的视角回到历史现场，莫言理解了红高粱地上的人们被死亡的切身之痛激发的悲怆和仇恨。他们悲愤地发出抗日的呐喊："拿起刀，拿起枪，拿起掏灰耙，拿起擀面杖，打鬼子，保家乡，报仇雪恨！"① 与揭示日本侵略者的暴行相对应，《红高粱家族》势必描写高密东北乡悲壮的抗日活动，写无畏的抗日英雄，写高粱地上的农民如何承受着巨大代价开展反侵略斗争。罗汉大爷的死，引发了"我"爷爷、"我"奶奶的抗日怒火。众多矛盾摩擦中，"打日本人"是首要的共识：爷爷和冷支队长剑拔弩张时，奶奶强调主要矛盾是对外抗敌，"有本事对着日本人使去"；被诟病为土匪时，爷爷的反应是土匪也能抗日，"能打日本就是中国的大英雄"；《高粱殡》中，冷支队、胶高大队、爷爷所在的铁板会是三支不同的武装力量，彼此竞争，争夺武器和物资，但在日本军队围攻时，又能一致对外、并肩作战……同爷爷奶奶一样，《红高粱家族》其他角色走上抗日之路，背后往往是日本侵略者对一个家庭的蹂躏伤害：胆小懦弱的王文义两个儿子死于日本军队轰炸，妻子推动他参加爷爷的抗日队伍；成麻子在一家被杀害后，投奔了抗日游击队。这些带有小农意识的抗日英雄，为了生存和对家人的爱而奋起反

---

① 莫言.红高粱家族.杭州：浙江文艺出版社，2020：335.

抗。如果说，高粱地上的农民先天带有昏沉愚昧和麻木迟钝的一面，那么其精神基底中也具备向往自由的诗意因素和刚毅血性、坚韧不拔的精神品质的一面。在抵御外侮、反抗侵略的民族解放背景之下，这种精神品质张扬出顽强的民族精神。正是在此意义上，"'红高粱'精神是一种广阔而深潜的民族精神"[1]。

与以往的抗日题材小说不同，莫言所写的抗日英雄是带有江湖习气的土匪或带有愚昧色彩的农民。从动机上说，爷爷奶奶等人抗击日本侵略者，往往出于朴素而传统的复仇意识；从组织上说，几次对日本人的作战都带有一定的随意性和散漫性；从发展性上来说，爷爷在抗日活动中并未进化出明确的革命方向。在中国革命史中，一定有农民武装在经过无产阶级革命思想的洗礼之后，发展成摆脱小农意识的先进革命力量。但爷爷的队伍则在土匪流寇和抗日武装之间不断反复，即使在桥头伏击战之后，这支散兵游勇也没有成长为具有严密组织和目标意识的革命力量。甚至在爷爷加入铁板会这一带有迷信色彩的民间帮会时，受民间军师五乱子鼓动，一度流露出封建王权意识；掌握铁板会实权之后，拉帮结派扩充个人力量、大肆敛财、为奶奶举行"回龙大殡"等诸种行为，表明爷爷最终并未

---

[1] 雷达. 历史的灵魂与灵魂的历史：论红高粱系列小说的艺术独创性//杨扬. 莫言研究资料. 天津：天津人民出版社，2005：146.

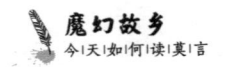

超越小农意识。莫言想写的是"我"爷爷式的农民：他们既是血性刚毅的抗日英雄，同时"又是一个被旧意识的毒蛇纠缠得十分孱弱的'最王八蛋'"①。"我"爷爷式的农民，并不符合政治理论和革命历史对农民属性及其历史发展的典型概括。这种补充式的真实，是莫言对抗日叙事的创新和贡献：在典型之外，探索中国农民身上的丰富和复杂、矛盾与暧昧、人性的深度与广度。

《红高粱家族》两条主线分别由爷爷余占鳌和奶奶戴凤莲牵引。余占鳌这条线索可以看作中国农民的缩影。莫言将中国农民的诸多社会身份和经历集中在余占鳌身上。余占鳌在一生中，先后当过流民、杠夫、轿夫、土匪，参加过抗日活动，做过民间帮会头目，被日本抓过劳工……余占鳌代表了《红高粱家族》小说偏宏大的方向，折射出中国农民丰沛精彩又艰难跌宕的历史。而奶奶戴凤莲这条线索则代表了更为私人化的情感、心理、精神世界，主要以戴凤莲和余占鳌的爱情故事为主。正如余占鳌有别于一般的农民英雄、抗日英雄，《红高粱家族》小说中的爱情也充满了挑战正统道德意识的反叛精神。

爱情故事的起点是青春貌美、活力健康的戴凤莲被财主单

---

① 雷达. 历史的灵魂与灵魂的历史：论红高粱系列小说的艺术独创性 // 杨扬. 莫言研究资料. 天津：天津人民出版社，2005：158.

廷秀选中做儿媳。单廷秀的儿子单扁郎患有骇人的麻风病,但戴凤莲的父母贪恋钱财,欺骗性地将她嫁入单家,为了"一头骡子"不肯解除婚约。迎亲的轿夫们颠轿折腾新娘,戴凤莲在痛苦忍耐之余被余占鳌健壮阳刚的身体吸引,生发出微弱隐秘的欲望。发现单扁郎果然如传言一般恐怖后,戴凤莲对婚姻和幸福的憧憬破灭了。被劫持后,戴凤莲在绝望、愤怒、憎恨冲击之下在高粱地中与余占鳌野合。这段野合的场景莫言写得极度浪漫而唯美,可以视为对自由诗意生命的致敬。野合不仅意味着戴凤莲身体欲望的觉醒,同时也意味着其独立精神和自由意识的觉醒,是对非人性现实的反叛和抗争。爷爷奶奶惊世骇俗的爱恋不仅表现为幕天席地的野合私情,余占鳌更设计杀死了单家父子,彻底解除了家长意志和金钱势力加于戴凤莲的束缚。单家父子死后,戴凤莲指挥众人打扫卫生、开窗消毒,自由欢快地剪出"蝈蝈出笼"主题的窗花。自此,戴凤莲获得了从形式到精神的全面解放。

戴凤莲摆脱了农村女性常有的顺从、贞洁和弱势阴影,不仅从行为上而且从精神内涵上表现出真正的强者素质。将单家酒坊经营得红红火火、管理家业井井有条、深谙识人驭人等只是戴凤莲表现出来的能力与技巧。在艰难求生的环境之下,戴凤莲有天生的敏锐,熟于见风使舵,无论是认县长做干爹寻求权力的庇护,还是在失去余占鳌这一靠山后迅速投靠黑眼,

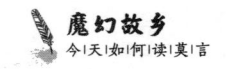

都显现出戴凤莲具有高粱一般适者生存的世故性和坚韧性。更根本的是在戴凤莲身上体现出来的精神自足。在戴凤莲的贞洁问题上，村民们多有非议，对戴凤莲与余占鳌半公开的情人关系时常调侃，对她与罗汉大爷是否暧昧也多加揣测。当有队员下流地调侃奶奶时，"我"父亲豆官的表现是愤怒，想要打死调侃者；当民间调查中听到老人暗示奶奶和罗汉大爷的关系时，孙辈的"我"反应是不愿承认；即使更为野性不羁的余占鳌，也在男女两性关系上毫不掩饰地奉行双重标准，自己风流自赏、女性忠贞不渝是其男权式的"男性自尊"的一体两面。余占鳌的复杂性和真实性在于其英雄和庸人特质的混杂。作为一名男性作家，莫言相当直率地指出余占鳌血性男人的一面，有时是因女性失贞而激发的愤怒。余占鳌因为寡母与和尚同居而杀死和尚，因为土匪头子花脖子曾骚扰戴凤莲而埋下杀心，听说戴凤莲抛弃他跟从黑眼而暴怒与其决斗。与男性有限的解放性相比，戴凤莲无疑走得更远更彻底。单家父子被杀之后，余占鳌本以为自己要当家作主，然而精明能干的戴凤莲不想依附余占鳌，她选择收服余占鳌，独立当家作主经营酒坊。戴凤莲跳脱了一般女性寻求儿女情长的"团圆"情结，这种具有超前的自主意识的女性远远超越了现当代文学谱系中的女性形象——高喊自由恋爱、精神解放、女性独立却往往将爱情悲剧视为绝对失败。从红高粱地中获得生命解放的戴凤莲全面背离

第二章
野性张扬：《红高粱家族》

了既有的社会道德规约，不仅勇敢无畏地追求爱情，而且对待贪财的父母显现出对传统伦理道德的蔑视和僭越。戴凤莲坦诚地表达对父母的憎恨和报复，带着余占鳌恐吓父亲，以此惩罚父母为了一头骡子而罔顾她的幸福的行为，并不拘泥于孝道传统或宽恕体谅的道德要求。戴凤莲不是无惧舆论压力，而是根本无视舆论。在已然觉醒的强大自我面前，传统的妇道、孝道与忠贞观念对戴凤莲完全失去效力。

如果说爷爷余占鳌和奶奶戴凤莲的爱情导向戴凤莲的精神解放与自我建构，那么余占鳌和二奶奶恋儿的爱情则主要指向生理层面的肉欲解放。余、戴在天地之间高粱地里的野合自由奔放，其中包含着女性对世俗礼教的积极反抗，带有精神和身体双重解放的诗意与壮美。而余占鳌和恋儿的结合始于肉欲性的感官贪欢，相比野合场景，二人偷情的一幕世俗性更强，带有市井俚俗、香艳风月的色彩。尤其小说用了一些不必要的细节描写戴凤莲与恋儿明争暗斗、争风吃醋，即使这是为了还原乡野传奇或草莽英雄的生活真实，仍然暴露出男性沙文主义的浅陋心理。当我们审视两个女性人物的内在精神结构，会发现戴凤莲和恋儿在精神表征上存在巨大差异。相比于戴凤莲灵活机变的处世智慧和开阔磊落的大局意识，恋儿更接近一般平庸的乡村女性。戴凤莲内在的生命活力主要来自其精神自足和强者精神，而恋儿的生命活力主要来源于生命本能和由本能氤氲

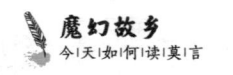

而生的爱——正是后者，让恋儿在粗鄙中发出光芒。恋儿为了保护女儿，自弃式地承受日本鬼子侮辱，是农村女性伟大的牺牲与无力的愤慨。

此外，《红高粱家族》还写了大屠杀之后，刘氏与余占鳌的相互依存，这一组关系与爱情无关，是屠村之后幸存者哀恸的发泄和相互安慰。在从爷爷奶奶、爷爷与二奶奶，到父亲豆官和母亲倩儿的爱情的序列中，爱情的诗意性递减而庸俗性递增。到了父亲这一代，已经退化为传宗接代的需求。豆官被野狗咬掉了一个睾丸，余占鳌焦虑着能否繁衍孙辈。在感情萌动之前，刘氏对倩儿的"性教育"只有目的性。与前一代浪漫恣肆的自发性情爱不同，父辈的情爱则因承担着繁殖责任而带有功利色彩，性爱中奔放自由的精神性也就此消解。如果说失去一个睾丸是豆官生命力衰退的生理性表征，失去自由精神之后繁育出可怜孱弱的"不肖子孙"则是生命力衰退的必然结果。"种的退化"之叹，也就在所难免。

红高粱精神

> **《红高粱家族》卷首语**
>
> 谨以此书召唤那些游荡在我的故乡无边无际的通红的高粱地里的英魂和冤魂。我是你们的不肖子孙。我愿扒出我的被酱油腌透了的心,切碎,放在三个碗里,摆在高粱地里。伏惟尚飨!尚飨!

莫言一度极为憎恨故乡,在他的视野里农村是牢笼的代名词;相对应的,是莫言对城市生活和城市文明的向往和想象。他甚至一度激愤地写过"工农之间的差别,更不用说干部和农民之间的差别,无论是从物质上还是精神上,都不亚于大多数地主和贫农的差别"。《红高粱家族》的发表时间恰恰是在莫言已经提干摆脱农民身份、在军艺学习期间。离开农村之前,莫

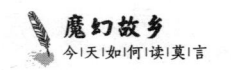

言将生命中那无以名状的愤懑不平归结为"农村";离开农村之后,莫言将深刻的自我矛盾归结为"种的退化"。莫言深谙人情社会的处世智慧,但仍然不免在现实中陷入精神痛苦。在家乡的朋友张世家看来,莫言"最崇拜英雄好汉,最仇恨王八蛋",本性是血性、正气、自然坦荡的。但在北京与莫言往来较多的刘毅然,极为深情地记录了这样一个细节:当被问及生活怎样时,莫言无奈伤感地说"混吧"!

"混吧"到了文学世界中,就是自我审视、自我批判进而扩展为现实批判、现代性批判的经验契机。当莫言开始回溯故乡,"失去的时间突然又以充满声色的画面的形式,出现在我的面前"[①],那里红高粱的海洋雄壮宽广,高粱地里响起的歌声粗野嘹亮,祖辈发生在高粱地的故事宏伟壮丽,祖辈的爱情奔放激荡。历史的精彩,更映照出现实的苍白;或者反过来,城市现实的无力与犬儒更驱使作者返回农村和历史,从祖辈那里接续雄健有力、自由张扬的精神传统。《红高粱家族》是莫言版的"生于忧患死于安乐"现代思辨。"《红高粱》诞生的契机和旨归,就在莫言发现了在和平环境中某些人崇尚逸乐,而精神绮靡、柔弱化的现象"[②]。战争故事和农村题材的外壳之下,《红高粱家族》包裹着现实中迷失的"我"对历史

---

① 莫言. 超越故乡. 名作欣赏,2013(1).
② 李桂玲. 莫言文学年谱. 上海:复旦大学出版社,2014:23.

深处红高粱精神之追思，红高粱精神是《红高粱家族》的思想内核。

红高粱精神是什么？

现实中，莫言家乡因地势低，易发水涝；而高粱长得高又耐涝，是可以保产救命的粮食，以前种得较多。莫言要写家乡的英雄豪杰，高粱挺拔颀长的姿态、明丽张扬的颜色、坚韧顽强的生命力等特质，自然成为英雄的表征物。同时，大面积种植的高粱，高秆青翠，葱葱郁郁与天接碧；成熟时高粱穗是赭红色的，挨挨挤挤成一片红色海洋。因此，既是天然的屏障和隐蔽地，也是自由嬉戏的乐园。高粱地自然成为英雄壮举、土匪行径和男女情事的最好演练场，《红高粱家族》中最璀璨和最悲壮的故事，都发生在高粱地。高粱地不仅是故事发生的现场和空间，连绵汪洋的高粱更为故事营构了蓬勃热烈、神秘朦胧、肃穆庄严的复杂氛围。

【经典品读】

《红高粱家族》描写高密红高粱的段落

我曾经对高密东北乡极端热爱，曾经对高密东北乡极端仇恨，长大后努力学习马克思主义，我终于悟到：高密东北乡无疑是地球上最美丽最丑陋、最超脱最世俗、最

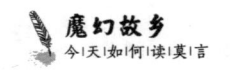

圣洁最龌龊、最英雄好汉最王八蛋、最能喝酒最能爱的地方。生存在这块土地上的我的父老乡亲们，喜食高粱，每年都大量种植。八月深秋，无边无际的高粱红成汪洋的血海，高粱高密辉煌，高粱凄婉可人，高粱爱情激荡。秋风苍凉，阳光很旺，瓦蓝的天上游荡着一朵朵丰满的白云，高粱上滑动着一朵朵丰满白云的紫红色影子。一队队暗红色的人在高粱棵子里穿梭拉网，几十年如一日。他们杀人越货，精忠报国，他们演出过一幕幕英勇悲壮的舞剧，使我们这些活着的不肖子孙相形见绌，在进步的同时，我真切地感到种的退化。

首先，红高粱是祖辈、父辈身强体健、潇洒俊逸的自然形态的折射物，同时也是对爷爷奶奶旺盛丰沛、雄浑有力的生命状态和生命能量的表征。作为《红高粱家族》的核心人物，余占鳌、戴凤莲都是优美、健硕的自然之子。自然健硕的身体美中升腾奔流着丰沛的生命力，这种生命力的表现之一是力比多的强劲吸引和旺盛奔突的生命欲望。在1980年以前的共和国文学中，作品更多关注革命的升华，而甚少关注人的感官情欲，文学创作基本呈现"去欲化"趋势。莫言则将生命本能和原始欲望视作健康的、健全的人的应有之义，大胆描写人的感官需

第二章
野性张扬:《红高粱家族》

求;《红高粱家族》以晚辈身份直面长辈情欲就更加惊世骇俗。瑰丽的情欲想象,令人震撼地打碎传统女性长辈的刻板印象,革命性地开拓出对奶奶辈的欲望书写。爷爷奶奶的瑰丽爱情,缘起抬轿出嫁的初见,莫言让这个场景充满了荷尔蒙的味道和力比多的原力。轿夫们肆意撒野式的颠轿、粗鄙的玩笑,是雄性人类性压抑的报复嫉妒,也是对雄性动物求偶炫耀的模仿展示。在此情境下,爷爷奶奶之间形成了情欲迷离、暧昧流动的互动场。

力比多的双向吸引是爷爷奶奶彼此相悦的基础,正因如此,高粱地里的野合才美丽而不污秽。欢爱迸发在高粱地深处,"高粱梢头,薄气袅袅,四面八方响着高粱生长的声音",高粱的勃发生机和爷爷奶奶欲望高涨的生命力是天地自然的和谐对照。同时,这场逾越礼法的不羁情欲在无意中突出了对健康人性的美好追求,事实上这也是对反人性的控诉和抗争。在自然、自由的高粱地中,爷爷奶奶的情欲真诚坦荡,不虚伪无矫饰;原始和坦荡是野合对礼教的冲击动能,其构成背景是爷爷奶奶作为乡土之子的解放性。他们的解放性来自自然野性对世俗的清洗和劳动者对名教规约的不屑;他们先天的朴素和健康、自信和自主使其具有原始的自由精神和生命诗意。正如研究者所言,"把农民心理、意识、道德中未被毒化的刚健的一面提升到如此诗意的高度和人性的高度"。亦即,红高粱

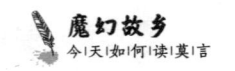

精神的第一个维度是健康人性：爷爷奶奶他们自由自在、无拘无束，不受礼法、孝道、名分、道德、道义甚至法律约束；他们健康、健全，有强烈的生命需求并勇敢无畏、毫不掩饰地追求欲望满足；他们热烈奔放，生命的底色是高粱酒般的炽热血性，是高粱地里的高歌般的嘹亮粗犷。

如果从这个角度看，我们就能理解莫言写本能、情欲、野合的必要性与积极价值。欲望书写是建构自然人性的重要环节，也是莫言建构个体主体性和个性价值的文学策略。尤其放在改革开放的文化语境中，我们更能理解知识分子在经历长期的噤声与压抑之后寻找一切突破口的迫切。莫言这一代作家普遍感觉到曾被虚假的政治话语欺骗、玩弄；作为反拨，莫言选择书写最私隐和个人化的个体体验——情欲。将其置于精神谱系的比较视野之下，更突出莫言对"种的退化"的焦虑。当批判现代精神衰退时，赞美情欲本能就等同于张扬原始野性、推崇精神强力的文化主张。所以莫言会刻意将欲望拔高，赋予其神圣庄严的价值。当莫言意识到《红高粱》的巨大成功是由于对个体性的张扬后，其创作有时呈现出过度追求欲望表达的幽微和深刻。像二奶奶为黄鼠狼所魅时，对隐含欲念的刻意铺排程度失当；对豆官、倩儿性发育的不必要重复，也有过分彰显原始性和生理性之嫌。

其次，红高粱还表征着困难与困境之下坚韧不屈的精神。

红高粱生存能力强、适应性强，在恶劣的环境中也能存活。这与莫言坚韧的生存哲学不谋而合，或者说莫言为他的生存哲学找到了红高粱这一客观对应物。事实上，坚韧不拔、百折不挠的精神是强烈的生命意识在逆境、绝境条件下的表现。

《红高粱家族》系列小说描写了诸多苦难和悲剧，但无论苦难多沉重，内心伤恸多深重，生命力顽强的东北乡子民从未放弃生命或堕入哀感与颓废的精神深渊。他们总是动用一切智慧、技巧以惊人的忍耐力坚持活下去。奶奶在十六岁的娇弱年岁嫁给麻风病人单扁郎，在孤立无援的状态下"三天中参透人生禅机"，开放心胸迎接身心的全面解放。她深爱余占鳌，但面对余耍酒疯占家产、与恋儿偷情、被曹梦九算计等危机时，并没有彷徨无依就此消沉，而是主动出击积极应对。余占鳌一生中的艰难绝境更多：情人、妻子、女儿均惨死；被人算计，八百人的队伍一败涂地；经历过两次全村覆灭的大屠杀；在铁板会极度风光后迅速溃败；被抓到北海道做劳工；逃到深山做了十几年野人……他都以红高粱一般的韧性生存下来。在危险、灾难面前不屈服不放弃，不仅是爷爷奶奶的个人特质，也是"红高粱家族"的集体品格。豆官在母亲的死亡现场哭泣之后，要活着去战斗，拿起沾着母亲鲜血的抃饼来吃，在村人死光、生存物资奇缺的情况下打野狗猎雁来果腹；倩儿在日本人进村时被父母藏在井下，忍耐着极度饥饿、恐惧，伴着毒蛇、癫蛤蟆和弟弟的尸体等到了救援；村人伤亡惨重时，乡亲高声呐喊有人活着就能坚持到胜利。红高粱式强韧有力的生命不易被摧毁，这种集体品性让"红高粱家族"哪怕遭遇灭顶之灾也能重整旗鼓，以勇气、忍耐、坚毅度过群体乃至民族的灾难时期。

再次，红高粱还指向抗争和斗争精神。《红高粱家族》主要人物的魅力，除了表现于其自足、自洽、自主的内在精神上，也体现于和外在世界、他者关系的反应逻辑上。在第一维度健康人性的诉求不能满足，自由受约束、尊严被侮辱时，具有英雄主义、血性豪迈的强健人格，会从不屈不挠不放弃的生存韧性再进一步，生成抗争性。第二维度的坚韧性主要是主体面对困境时的自我抗争，克服意志消沉、自毁自弃的精神堕落，不屈不挠地生存。生命若只有本能则昏沉，若只有隐忍则苟且，莫言所肯定的精神是"生命，只能在斗争中创造"。作为《红高粱家族》灵魂人物的余占鳌首先是一个土匪，身上有浓郁的江湖气和流寇作风。莫言将之当作有血性的英雄好汉，而讴歌赞美的焦点就是旺盛的生命力和强大彪悍；当慕强逻辑取代现代意识，事实上就掩盖了封建狭隘、愚昧昏沉、暴力劫掠的非正义性。不做价值判断，只做抽象的文化礼赞，寻根走向的就是蒙昧和虚幻。事实上，无论是抬水银棺材还是练七点梅花枪击毙土匪花脖子，无非是江湖草莽的尚武好斗和争强斗狠。其格调和戴凤莲捉奸把恋儿抓得满脸血差不多，都是乡土社会里的世俗传奇。

唯有血性中灌注正义性，土匪流寇才升华为抗日英雄，暴力才变为斗争。余占鳌如果没有毁家纾难的抗日义举，他将只是一个草莽土匪；戴凤莲如果没有忧惧中仍鼎力助战打日本人，她将无法跳脱小家小业的格局；罗汉大爷如果没有铲骡腿、对日本人怒骂不绝，他就只是单家酒坊老实本分、沉默内敛的忠仆；成麻子如果没有后面的英勇作战，他就只是那个在路上抢着捡狗屎的麻木男人；冷支队、江小脚、恋儿、倩儿、刘氏、王文义妻子……高粱地上的中国农民，因为战争的压迫，调动起他们的反抗精神，原始欲望的生命强力和坚毅不屈的精神，最终转化成为民族解放奋战的民族意识和斗争意识。

最后，红高粱精神指向个人解放和民族解放的融合。个体的反抗潜能导向集体目标，汇水成海，积聚爆发后就是抗争的民魂。唯有在这样的逻辑递进中，我们才能充分理解，何以红高粱精神"是一种广阔而深潜的民族精神"，"象征伟大民族的血脉、灵魂和精神"。[1]虽然莫言拒绝承认现代国族意识对余占鳌式农民的影响和改造，抗拒将余占鳌改造成真正的革命者和爱国者。但不可否认的是，正是伟大的反侵略战争和反抗暴

---

[1] 雷达. 历史的灵魂与灵魂的历史：论红高粱系列小说的艺术独创性//杨扬. 莫言研究资料. 天津：天津人民出版社，2005：146.

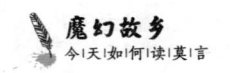

力的斗争让余占鳌从土匪变成英雄，让原始蒙昧的生命本能转为更加稳固的"民魂"。因为，"惟有民魂是值得宝贵的，惟有他发扬起来，中国才有真进步"[1]。

---

[1] 鲁迅. 学界的三魂//鲁迅全集：第3卷. 北京：人民文学出版社，2005：222.

跨界传播：从小说到电影

《红高粱》不仅在文学领域广受关注，更是"火出圈"，跨界传播到影视领域中。最初《红高粱》所吸引的众多读者之中，就有日后的著名导演张艺谋。在遇到《红高粱》之前，张艺谋的主业还是摄影师和演员：此时作为摄影师的张艺谋已经拍摄了《一个和八个》《黄土地》，作为演员则参演了《井》，且两个身份下的作品都已获得国内与国际大奖。张艺谋转型为导演的处女作，恰恰是这部电影《红高粱》。对于张艺谋和莫言来说，他们是经由《红高粱》而彼此成就。对莫言来说，《红高粱》改编成电影，客观上进一步提升了他的知名度，使他不仅在爱好文学的读者中扬名，而且作为《红高粱》的作者和编剧为更多普通中国人所知。更重要的影响是，伴随电影《红高粱》在国际上接连斩获柏林国际电影节最佳影片金熊奖等重大奖项，莫言获得了国际性的关注和声誉。"就在电影获奖不久，欧美世界开始将关注的目光投向中国当代文学，欧

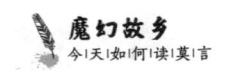

美一出版社开始着手译介莫言的《红高粱》等作品"①。也是在1986年，莫言的作品开始在日本被介绍与研究。而一年后，莫言随中国作家代表团出访西德，逐步走向国际文坛。

在全新的开阔视野中，莫言的写作不仅面向中国读者，同时也面向潜在的国际读者。自觉与不自觉间，莫言的写作方向发生改变。这个方向，一度让莫言迷失在过度西方化的剑走偏锋之中。《红高粱》之后，莫言的《欢乐》《红蝗》将感觉描写和语言爆炸发挥到极致，肆意沉浸于无限膨胀的语言快感中，遭到文学界和批评界的激烈抨击。据莫言最早的研究者、批评家朱向前回忆，在二人相谈时莫言的态度是墙里开花墙外香："言外之意是求仁得仁。"②而无论是受读者欢迎的还是为人诟病的那些莫言特质，实际在《红高粱》中就已然浮现。

【我来品说】

1. 通过阅读上文，你如何理解红高粱精神？
2. 你认为《红高粱家族》的价值体现在哪些方面？

---

① 李桂玲.莫言文学年谱.上海：复旦大学出版社，2014：24.
② 朱向前.我与同学管谟业.中国人才，2013（2）.

第三章 现实批判:《酒国》

> **导读**
>
> 《酒国》是莫言对社会腐败现象的愤怒讨伐,在这部小说中,他继承和发展了鲁迅的"吃人"主题,揭露了腐败催生的"吃人的筵席"。同时,这部小说在结构形式上做了创新性探索。《酒国》在莫言个人创作史上有重要意义,莫言赞誉其为"我的美丽刁蛮的情人""我迄今为止最完美的长篇"。

第三章
现实批判：《酒国》

相较于《红高粱》的巨大反响，《酒国》发表之后外界相对沉寂。但与前作相比，《酒国》有新的拓展和突破。一方面，《酒国》开拓了莫言的书写空间。此前，莫言的叙事场域集中于农村，而《酒国》则对其书写空间进一步开拓，往矿场、城镇、官场、学院与文化圈发展。另一方面，莫言以高度自觉在《酒国》中实践叙事创新，现实与文本的互涉，文本内部纷繁、诡谲的叙事交杂，给读者留下深刻印象。莫言非常自得《酒国》在叙事结构方面的突破性成就，"如果新时期真有一个先锋派，那我就是第一先锋"[①]。然而有些艺术作品，是超前于读者的接受习惯的，《酒国》叙事上的先锋性在一定程度上让读者和批评者感到茫然，这是《酒国》刚出版的那几年反响不大

---

① 莫言，王尧.在文学种种现象的背后：2002年12月与王尧长谈//莫言.莫言对话新录.北京：文化艺术出版社，2010：90.

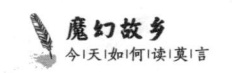

的客观原因之一。因而,莫言不无遗憾地说:"可惜那些先锋的爱好者,多半是叶公好龙。"[①]《酒国》是莫言继《天堂蒜薹之歌》后,另一部以鲜明的问题意识和批判态度直面社会矛盾的作品。

莫言批判现实主义小说《天堂蒜薹之歌》

《天堂蒜薹之歌》取材于真实事件。1987年5月,现实生活中发生了一件极具爆炸性的事件——数千农民响应政府号召种植蒜薹,却因地方政府管理不当导致蒜薹滞销,农民愤怒而焦虑,聚集起来包围县政府,砸了办公设备。"蒜薹事件"后,义愤不已的莫言中断手头的创作,改写《天堂蒜薹之歌》,仅用35天创作了这部长篇小说。小说围绕"蒜薹事件"描绘了一系列复杂的人物关系,反映了农民群体的现实处境。

《酒国》延续了《天堂蒜薹之歌》对弱势群体的关

[①] 莫言,王尧.在文学种种现象的背后:2002年12月与王尧长谈//莫言.莫言对话新录.北京:文化艺术出版社,2010:91.

怀和对腐败政治的抨击。中国文人批判现实的精神传统与莫言夸张的极端想象共同发酵,最终形成了在形式上先锋实验而在思想上回应知识分子批判现实和关怀民生传统的《酒国》。单纯将莫言视为语言和形式上的创新者,无疑是对其现实批判精神的忽略。

《酒国》围绕"酒国市"揭露在此想象之邦发生的诸种腐败现象。一条线索是传闻酒国市市委宣传部副部长金刚钻存在烹食婴儿的罪恶行为,他被举报后,省人民检察院的特级侦查员丁钩儿奉命去酒国市查证此事。在没有去酒国之前,丁钩儿立场坚定、疾恶如仇,有过硬的政治作风和业务能力。进入酒国后,丁钩儿的调查遭遇各种考验和障碍:在金刚钻曾工作过的矿场,还未开展调查就被花言巧语的各种劝酒弄到大醉;醉酒后,看到酒席上出现了传闻中的"红烧婴儿",丁钩儿拔枪击中了"婴儿"的头颅;金刚钻等官员解释"婴儿"是用烤乳猪和莲藕、发菜等食材做成的,在他们的循循善诱下,丁钩儿也吃下了"婴儿";之后又与神秘的女司机产生了暧昧而离奇的情感纠葛,被金刚钻拍下私情照,受到威胁;受女司机指引,丁钩儿被引导进入当地有名的"一尺酒店",发现女司机是酒店老板余一尺的"九号"情人。愤怒与迷茫中,

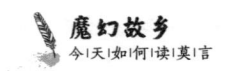

丁钩儿在酒国市游荡，与管理烈士陵园的老革命丘大爷相遇；丁钩儿发现从"老革命"那里得不到晴朗的思想、穿透惶然的力量。在醉酒的幻觉中，他对着"吃人的筵席"发出"我抗议——"的呐喊，只不过这呐喊微弱而徒劳，丁钩儿坠入茅坑的污秽之中溺毙。另一条线索是酒国市酿造学院勾兑专业博士李一斗，业余热爱写作，在与作家"莫言"通信的同时寄了九篇不同风格的小说。这些通信和小说共同建构了"酒国"社会。在李一斗的讲述中，酒国吃人现象确实存在，不仅如此，酒国社会已然形成"肉孩"处理机制，包含从收购到加工、从生产到销售、从特供到食用的完整体系。文字表述中，李一斗对吃人现象和其他贪婪、暴虐的吃喝现象深恶痛绝，其写作的《肉孩》《驴街》《烹饪课》还原了吃人和虐杀暴食的真实场景。然而，充满讽刺的是，李一斗在现实中逐渐靠近权力，调到市委宣传部搞宣传报道。寄给"莫言"最后一篇小说《酒城》时，李一斗已经彻底被腐败权力和金钱势力收编，摇身一变成为腐败的摇旗呐喊者。而讽刺的极致，则是创作《酒国》的作家"莫言"，写了《酒国》之后也在酒精、美食、女色的腐化下，在谄媚迎合与奉承赞美声中，无法自拔，为金刚钻等所代表的腐败势力所同化。

两条线索无论分离、交叉抑或彼此拆解，丁钩儿、李一斗、"莫言"无疑分别指向政法监督权力、学院知识分子的良知和文学艺术的社会批判功能，它们本来是破解酒国腐败的希望所在，最终却全军覆没，以此揭示现实牢不可破而反抗是无力的。这的确是莫言就现实问题"下刀最狠"[①]的作品。

[①] 莫言,孙郁.说不尽的鲁迅:2006年12月与孙郁对话//莫言.莫言对话新录.北京:文化艺术出版社,2010:211.

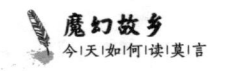

"酒"与"吃"的城邦

《酒国》通过"酒"和"吃"来概括对酒国现实社会和历史文化的观察,以集中描写"酒"与"吃",展现酒国市的黑暗、腐败、贪婪、放纵、丑陋。

对"酒"的描写贯穿《酒国》始终。开场丁钩儿到矿场调查,见到矿场领导之前,先在保卫部被人用"敬酒不成三,坐立都不安"的劝酒顺口溜灌酒三杯。之后迎来矿场领导安排的一场"鸿门宴"。丁钩儿不断以职责、任务和党性纪律性自我警示,试图抵御对方在宴席上对他的腐蚀。然而对方熟谙官场的劝酒游戏,不断以工作需要、革命需要等理由向丁钩儿劝酒,甚至搬出母亲来拉关系、博同情、情感绑架。在两官员刻板犹如复制的"慈祥、宽厚的微笑"[1]与酒精的包围中,在金刚钻连干三十杯"海量""风度"的震撼下,丁钩儿酩酊大醉,出尽了洋相。这一场酒宴之后,丁钩儿再没清醒过,浑浑噩噩、昏

---

[1] 莫言.酒国.杭州:浙江文艺出版社,2020:23.

昏沉沉，不是醉酒就是处在真假不分的幻觉或梦境中。失败的阴影，在酒宴上丁钩儿第一次饮酒时已然浮现。

李一斗在三篇小说《酒精》《猿酒》《酒城》中，对酒的功效、酒的传统和酒经济做了鸿篇大论。《酒精》里李一斗和金刚钻就酒对自我精神状态的影响夸夸其谈；《猿酒》渲染学者袁双鱼对酒的起源和酒神精神具有学院气息的"研究"；《酒城》则大肆宣扬酒对酒国市的贡献，甚至胡编乱造酒国市所谓酿酒起源的历史。事实上，李一斗、金刚钻、袁双鱼为酒所迷，沉溺于酒精带来的虚幻快感与荣耀中。同时，酒是他们在社会获取利益的工具。金刚钻凭着喝酒海量才在官场上受重用、平步青云，酒国市的人们羡慕金刚钻的成功之道，宣称"生子当如金刚钻，嫁夫当嫁金刚钻"。袁双鱼因研究酒，是功成名就的学者，以酿造"猿酒"的项目从市政府拿到巨额经费。李一斗靠着夸酒、写酒、宣扬酒，在市委宣传部谋得一席之地。酒国是被酒控制的蒙昧之邦，充满了道貌岸然的假话和空话。

小说最后，创作了《酒国》与丁钩儿形象的"莫言"来到酒国市，被酒迷失了神志、泡软了骨头，完全加入了酒国蝇营狗苟的狂欢。

《酒国》从始至终以"酒"为隐喻，"酒"将散乱的线索与人物整合起来，串联出完整的叙事链条。可以说，"酒"是

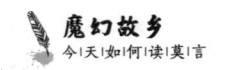

进入《酒国》迷宫的密码。

《酒国》"吃"与"酒"并重,对"吃"的描写更尖锐,直接地揭开了"酒"的迷雾,揭露了酒国黑暗、腐败、血腥、残忍的现实。《酒国》中关于吃的细节与场景不可胜数,但与常态化的日常饮食不同,《酒国》的"吃"往往是病态而畸形的。大体而言,《酒国》写了三类不正常的"吃",即"吃"的等级性、离奇性和暴虐性。

首先,莫言不断用底层民众贫苦乃至屈辱的"吃",与官员、商人奢侈浪费的"吃"做对比,呈现触目惊心的差异,抒发他对社会不公以及豪奢吃喝、铺张浪费、腐败现象的批判。《酒国》的第一场宴席设在矿场的地下招待所。招待所装修极尽奢靡,矿场官员犹有不足地自谦"穷乡僻壤""条件简陋",一面嘴上说响应政府号召一切从简、家常便饭,一面不顾"底子薄条件差"的矿场现实,大摆宴席。莫言用了一千字左右的篇幅具体描写精致的餐桌餐具,丰富多样的香烟、酒水与菜品,"巴掌大的红螃蟹,挂着红油、像擀面杖那般粗的大对虾,浮在绿色芹叶汤里的青盖大鳖像身披伪装的新型坦克……"[①]丁钩儿受此诱惑,失去理智大吃大喝,意志迷失竟至于灵魂脱壳,只剩欲望沉重的肉体。除了目睹官员们在酒池

---

① 莫言. 酒国. 杭州:浙江文艺出版社,2020:49.

第三章
现实批判：《酒国》

肉林般的招待所吃喝，丁钩儿也曾亲眼看见郊区农民饮劣酒、啃萝卜。奢靡与穷苦的鲜明对比还出现在纸醉金迷的一尺酒店内与外。一尺酒店内，李一斗及其文友们受余一尺恩惠，享受着包含几十道菜的"全驴宴"；受招待的"莫言"要求简单的"清粥小菜"，桌上却壮观地摆了"样数多得数不清"的、"中西合璧"的一大堆食物。[1]酒店内奢靡的宴饮产生了大量的垃圾，排到室外，"排水沟里升腾着乳白色的蒸汽，有一些猪头肉、炸丸子、甲鱼盖、红烧虾、酱肘子之类的精美食品，漂浮在水面上"[2]。这些食物被衣衫褴褛的底层老人捞起食用。在这里，"吃"不仅是维持生存的生理行为，同时吃的差异还具有折射社会层级的政治意味。郊区的农民经常啃萝卜，他们嫉妒矿场工人吃公家饭，骂他们是"吃白米的猪"[3]；矿场工人路遇大吃大喝、烂醉如泥的丁钩儿同样愤愤不平，却又敬畏、羡慕；丁钩儿在豪奢的地下招待所与一尺酒店，面对富丽堂皇的装潢与珍馐美味，抑制不住畏怯与自卑；李一斗言语冒犯余一尺，要下跪求饶，换来余一尺赠送"全驴宴"，让李一斗在朋友面前虚荣炫耀……可以看出，吃的差异与地位的差异彼此呼应，啃萝卜的农民、吃白米的矿场工人、捞残食的城市底层老

---

[1] 莫言.酒国.杭州：浙江文艺出版社，2020：346.
[2] 同[1] 298.
[3] 同[1] 9.

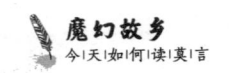

人与胡吃海喝的官商及其帮闲，显然形成了严密的等级链条。丰富豪奢与简陋屈辱形成鲜明对比，强烈冲击着读者的良知，激发读者对现实的反省与批判。

其次，如果说吃的等级性让莫言痛心疾首，那么吃的离奇性则无疑更显对愚昧的讽刺。李一斗岳母迷信吃血燕，相信燕窝能够延年益寿、养颜美容，哪怕亲人为了采燕而接连死亡，也未改变她对燕窝的执迷。莫言批评其愚蠢且残忍。酒国中似乎充满令人匪夷所思的"异食癖"：市委书记吃童便熬莲子粥，治愈了失眠症；作协领导每天吃"胎盘与鸡蛋的混合物"，写出的文章格外有"人味"[①]……莫言认为，这是"食痂成癖"的猎奇刺激与愚蠢无知的双重产物，"许多所谓的美食都是背叛传统、蔑视定法的结果。吃腻了雪白清香的豆腐就吃生满霉斑的臭豆腐，吃够了肥美鲜嫩的猪肉便吃腐烂猪肉里孳生的蛆虫"[②]。

最后，《酒国》揭露了"吃"的暴虐。酒国之人病态地追求虐食，为了吃无所不用其极地剥削和虐杀动物。农民心爱的骡子伤了骡蹄，所谓"食品特购处"不顾农民的哀求，冰冷地分析卖骡蹄比治骡蹄更有利，为了追求好的口感，不惜残忍地活取骡蹄；驴街则存在滚水浇驴、活取驴肉的恶习。"吃"的暴虐性最极端的表现就是"吃人"。酒国里灭绝人性的吃人事

---

① 莫言. 酒国. 杭州：浙江文艺出版社，2020：162.
② 同① 315.

实仿佛已经为大家所默认。女司机一面痛斥丈夫金刚钻强迫她流产并吃掉了五个胎儿,一面若无其事地服用医院营养科特制的"婴儿粉"。因为大补,因为大家都吃,也就漠然了。用婴儿制作的婴儿粉与其他保健品没什么两样。李一斗的小说《肉孩》正面描写人如何成为食材。父母为了换钱生下的孩子,只是可以买卖交易的肉体而不是一个人;因为要卖的儿子养得健壮可爱,收购时被评了特级,父亲拿到两千多元巨款时,没有任何不安、恐惧,反而对收购人员感恩戴德。《烹饪课》中岳母首先强调厨师对待肉孩的正确态度是看人为兽,不能滥用感情。"我们即将宰杀、烹制的婴儿其实并不是人,它们仅仅是一些根据严格的、两相情愿的合同,为满足发展经济、繁荣酒国的特殊需要而生产出来的人形小兽。"[1] 莫言借用李一斗之手,采用新写实主义手法详细写了处理、宰杀和烹饪肉孩的残暴过程。烹调过的肉孩,最终出现于宴席上,酒场、官场乃至整个酒国,都变成了"吃人的筵席"。

在酒国,畸形的"酒"与"食"有一套完整的运作机制。如其地名所暗示的那般,酒国就是一个被酒精浸泡和摧毁的"吃人王国"。酒国从下到上的社会结构,都渗透着"酒"与"吃"带来的腐败和暴力。酒国的百姓昏昧而不自觉,像待宰

---

[1] 莫言. 酒国. 杭州:浙江文艺出版社,2020:225.

杀的驴一般不懂反抗只把脑袋埋起来，为了生存将生下的孩子送去做肉孩；有所谓"特购处"采用商品交易的方法与肉孩父母签合同、给肉孩评等级，交易肉孩；烹饪学院和酿造学院，负责生产制造，并负责生产研发；媒体和进入体制内的文人们为饮酒和吃人宣传呐喊；官员与商人在宴席上饮酒吃人，以酒谋升迁、以吃求享受；酒国的领导们有的善饮，有的习惯性吃人，完成了酒国以"酒"与"吃"为主的高层搭建。酒与吃，是酒国的本质与基础，是酒国的运行机制和模式。

酒国的吃喝，严重脱离正常需求的范畴，是社会畸形、病态风气的表征。

对酒精、美食的追求首先是感官欲望上的满足乃至放纵。经济建设的发展，物质的繁荣，为满足物质享受提供了客观条件。对于拥有金钱、权力的腐败者而言，"这真是肉山酒海的时代"[1]。丁钩儿在酒国的堕落迷醉，始于醇酒美食的诱惑。"饮食"与"男女"相连，莫言没有忘记食与色的关联书写。《一尺英豪》中，莫言大篇幅描写"全驴宴"中一道以生殖器制作的"龙凤呈祥"。与这道菜出现在同一篇章的，是投机商人余一尺要与全酒国美女交往的"豪言壮志"。在权钱交织的腐败结构荫庇之下，食的放纵与性的堕落合成欲望的狂欢。

---

[1] 莫言. 酒国. 杭州：浙江文艺出版社，2020：277.

第三章
现实批判：《酒国》

感官上的享乐压倒理智、责任，不仅丁钩儿如此，李一斗、"莫言"等相对文雅、内敛的知识分子也没能逃过美酒美食的引诱，饕餮纵欲，丑相毕露。对吃喝享乐的耽溺，是从基本的生存需求转变为低级欲望的发泄和放纵；伴随感官欲望的膨胀，肉体的满足感压垮了意志与理性，巨大的欲望覆盖于人格、尊严之上，人性中美好、正义的部分萎缩了。醇酒美食让人们的身体营养充足，精神却日益卑怯柔弱。《酒国》延续了《红高粱》中描写酒与性的思维范式。在李一斗眼中，岳父袁双鱼对酒的情感极为畸形；而岳母则直接揭露袁双鱼心理变态，"他把自己的全部性欲施加到酒上"，与妻子维持着理想家庭的表象，实际上却是冰冷的无性婚姻。病态的欲望是悲剧的伏笔、闹剧的引子。由酒而起的畸形之恋由袁双鱼而起，以李一斗与岳母的乱伦为终。袁双鱼教授对酒的极端迷恋，一定程度上折射出病态的酒、食欲望对人的异化，以及对情感、伦理、道德的破坏和扭曲。

如果从"酒"的书写延续性上来看，《酒国》的时空正是《红高粱》里所提及的退化之种"我"身处的时代与环境。《红高粱》中的酒和《酒国》里的酒指向了完全相反的精神特征。如果说《红高粱》中的高粱酒是粗犷强悍人格的外化，象征着先辈们的刚烈与血性，那么《酒国》里的酒则在腐蚀和吞噬意志。嗜吃与纵酒一方面是崇尚逸乐的表现，另一方面也象

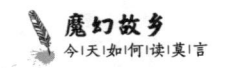

征了相对富足的时代里人们精神上的退化：萎靡怠惰、柔弱卑劣。而放在历史长河中来说，中国的吃喝文化同样丰富多彩，对此作家发出"咱们中国人在吃上真是挖空了心思"①的感慨，吃喝成了剖析民族性格和历史文化的一个入口。

当欲望与权力相遇，欲望催生了权力的腐败。大吃大喝既是欲望泛滥的典型表征，也是官员腐败的典型现象。20世纪90年代，腐败屡禁不止，出现了很多官场腐败的要案大案，而基层公务人员大吃大喝、铺张浪费、懈怠渎职、作风涣散的现象更是司空见惯。放纵吃喝，常常是腐败的第一步，权力异化为满足欲望的工具，直至变本加厉，欲壑难填。吃喝无度是过去官场最集中、普遍而又难以制止和彻底清除的腐败现象。这方面，莫言有一定的社会经验，对主动、被动参与宴席大吃大喝的官员们有深刻的观察，对"舌尖上的腐败"痛心疾首却深感无奈。写"酒"与"吃"，正是莫言批判权力腐败的策略。

同时，权力提高了欲望满足的阈值。当腐败的官僚或经济实力雄厚的投机商人在普通的吃喝中无法得到满足时，权力给他们提供了追求猎奇和刺激的便利。腐败的权力驱使之下，服务大众的社会机构变为满足少数特权人士需求的存在。酒国里特种粮食栽培研究中心、采购珍稀奇特食材的特购处、加工

---

① 莫言. 酒国. 杭州：浙江文艺出版社，2020：277.

第三章
现实批判：《酒国》

处理珍馐的特食中心，显然都是为特权膨胀、畸形的欲望而设立的"特殊"部门。酒国中文化、教育领域的烹饪学院、酿造学院，并不以培养人才、追求真理为目标，其研究也好教学也好，无一不是为了向特权阶层提供更为专业、周到的服务。酒国美酒千奇百怪、名目繁多，教授袁双鱼"在市委、市府的关怀指导下，乘着改革开放的骏马"，研发了"红鬃烈马""一见钟情""西门庆""黛玉葬花""猿酒"等各种稀奇古怪的酒。李一斗的岳母是研究特食技术的副教授，她教导学生：食客们"口味高贵，喜新厌旧，朝秦暮楚"，"我们必须刻苦钻研，翻新花样，尽量满足他们的要求。这关系到我们酒国市的繁荣昌盛，当然也关系到你们各位的远大前程"[①]。

李一斗的岳母酷嗜燕窝，精于烹饪鸭嘴兽等珍稀物种；岳父袁双鱼入深山向野兽、猿猴取经，酿出独步世界的"猿酒"；一尺酒店开发了繁缛、奇异的"全驴宴"……李一斗的岳父岳母这样的知识分子或一尺酒店这样的商家，无所不用其极地"研究"珍馐异食，以迎合和满足腐败者的"高贵"口味。在酒国，权力的腐败渗入学院与市场，政治话语、知识话语、经济话语形成了腐败的共谋，产生了举市皆腐、无处不腐的共振生态。

---

① 莫言. 酒国. 杭州：浙江文艺出版社，2020：223.

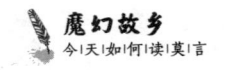

腐败的官员们吃活骡蹄，吃熊掌、血燕、鸭嘴兽……这些有意设计的情节，在在证明着莫言的结论："那些濒临灭绝的珍稀动物，他们的天敌，也是腐败官员"[①]。而"有条件吃奇食异味的人，大多数不必掏自己的腰包"[②]。在酒国，对腐败没有任何有效的监管和约束力量。在这个体系中，腐败不会悬崖勒马，只会变本加厉。腐败者吸着民脂民膏挥霍享乐，腐败等于"吃人"。

【经典品读】

> **鲁迅《狂人日记》描写"吃人"的段落**
>
> 我翻开历史一查，这历史没有年代，歪歪斜斜的每叶上都写着"仁义道德"几个字。我横竖睡不着，仔细看了半夜，才从字缝里看出字来，满本都写着两个字是"吃人"！

莫言继承了鲁迅开创的"吃人"批判主题，沿用了鲁迅"吃人的筵席"的说法，在《酒国》中多次直接用"吃人的筵席"来指称腐败官僚挥霍浪费的吃喝现象，将腐败者的畸形欲望形象化为"吃人"，而将弱势群体的处境描绘为"被吃"。腐

[①] 莫言. 酒国. 杭州：浙江文艺出版社，2020：364.
[②] 同[①] 277.

败是当代的"吃人"现象,莫言认为"官员的腐败,是所有社会丑恶现象的根本原因"[1],如果腐败者的欲望不受约束,如果腐败问题不解决,一切社会问题都无从解决。

---

[1] 莫言. 酒国. 杭州:浙江文艺出版社,2020:364.

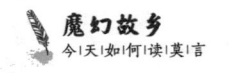

文学反腐的沉思

酒国失去了遏制腐败的希望。丁钩儿是检察院的侦查员,可被视为政法力量的代表。他业务突出、心存正义,却依然未能抵御腐败的侵蚀和围攻。他无法撼动酒国顽固的腐败,也做不到麻木不仁、同流合污,只能对着"吃人的筵席"发出微弱而无效的抗议,无奈而不甘地沉入肮脏污秽中,"跌进了一个露天的大茅坑"[1]。溺死于茅坑是个隐喻,无论隐喻的是丁钩儿最终被腐败同化还是他被腐败玷污、毫无价值地死去,丁钩儿之死都象征着政法监督和惩治对酒国腐败的遏制已然失效。文学、媒体、学校所代表的艺术、思想、知识话语,原本应该承担批判、揭露腐败的文化功能,然而李一斗、"莫言"及袁双鱼夫妇等知识分子,竟成了美酒美食的俘虏,为了利益交换变成为腐败粉饰吹嘘,或提供技术服务的附庸与帮凶。文化武器对腐败的批判与矫正,也失效了。

---

[1] 莫言. 酒国. 杭州:浙江文艺出版社,2020:329.

第三章
现实批判：《酒国》

那么，腐败的受害者与被压迫者中能否生出反抗的力量呢？举报酒国吃人事件的举报信落款为"民声"，暗示百姓对酒国腐败普遍的不满和怨怼。然而，"民声"毕竟只是声音，未曾真正改变腐败的现实。《酒国》里，"民声"是暗处的不平、无声的腹诽和悲哀的隐忍。"民声"企望外来力量带来拯救和改变，无法从自身发掘反抗的意识与实践。莫言常常将物与人对比，就"被吃"的对象性而言，鸭嘴兽和肉孩、驴和人是一样的功能。莫言描写杀驴时，幸存的驴把头紧紧抵在墙上，仿佛如此能逃避被杀的命运。驴的愚蠢和自我欺骗与被吃者的愚昧、麻木、短视，实在异曲同工。怨天尤人的矿工们路遇花天酒地的领导畏惧地避让一旁，被迫卖孩子的父母对收购者感恩戴德，肉孩们懵懂混沌、吃吃睡睡，买馄饨的穷苦老头碰上"微服私访"只敢唯唯诺诺，捞食物垃圾的城市贫民营养不错，吃得"满面红光"。

被吃者对被吃的命运麻木不仁，偶有觉醒者最终也未能有效地反抗"吃人"的现实。学校看门人咬牙切齿地说："总有一天会有人出来收拾你们这些吃人的野兽"[1]，但她的诅咒和愤怒仅仅因为她没有成为"吃人"的一分子，而不是出于对"吃人"现实的反抗，更没有消灭"吃人"现象的自觉。酒国

---

[1] 莫言. 酒国. 杭州：浙江文艺出版社，2020：222.

中，还有一个公开声讨和批判腐败现象的"老革命"丘大爷，他的身份颇有深意，丘大爷在烈士陵园管理处工作。刻意的设置暗示莫言在思考曾经的"革命者"将如何应对腐败。丘大爷呐喊："敌人在吃人，你却在这里烤火！我看你是个托派！是个布尔乔亚！是个帝国主义的走狗！"[1]然而，读者最终发现丘大爷的讨伐更多出于自己未能享受革命胜利者应有的待遇的不满，更讽刺的是，丘大爷还要求自己享有点松木取暖、只喝茅台的特权。丘大爷既是历史上的老革命，也是现实中的看门人。《酒国》中，先后出现过四个不同的看门人。在中国语境中，"看门的"属于社会底层，"看门的"这一称谓往往包含着能力不足、无足轻重的轻视与不屑。然而就是这些形色各异的、最底层的"看门人"，也要借着自己那点小小的"权力"去为难人、去"力所能及地腐败着"，正如李一斗所说，"认真检讨起来，社会变成这样子，每个人都有责任"[2]。

酒国中最有希望的反抗者是鱼鳞少年，一个拥有孩童身躯、阴沉眼睛的侏儒。他诅咒买卖肉孩的人，揭破"吃人"的真相，组织肉孩们发起反抗，杀死了管理肉孩的工作人员，并摆脱了被吃掉的命运。此后他是驴街半夜降临的黑驴少年、一尺酒店的侏儒门童或一尺酒店的老板本人。鱼鳞少年和黑驴

---

[1] 莫言.酒国.杭州：浙江文艺出版社，2020：244.
[2] 同①278.

少年是"吃人"社会的反抗者,莫言将其想象为武侠世界中锄奸除恶、劫富济贫的侠客——他是正义的化身、人民意志的体现者,但其作用事实上不过是充当了宣泄不平的工具。"鱼鳞少年无法制止干部的腐化行为,但鱼鳞少年却平抑了百姓的怒火",是"维持社会治安的减压阀"。[①]侠客是无奈现实的安慰剂。显然,莫言认为武侠小说式的想象不过是另一种精神上的欺骗和麻痹。当鱼鳞少年成为无所畏惧、践踏一切规则与尊严的老板余一尺时,屠龙少年变成了暴龙,最有希望反抗腐败的火光熄灭了。

《酒国》呈现的世界,有着监督惩治、文化批判、舆论影响等任何力量都无法撼动的腐败现实和"吃人"现实。失控的腐败无处不在,反抗的力量已被收编,酒国全然笼罩于腐败的阴影之下,没有希望。

---

① 莫言. 酒国. 杭州:浙江文艺出版社,2020:160.

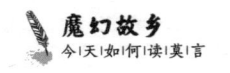

叙事迷宫

从内容上来说，《酒国》将腐败的严重程度揭示得淋漓尽致；从结构上来说，精心设计的互涉叙事、套叠结构在强调反腐败的艰难与复杂。

《酒国》存在四个不同层级的世界，第一层级是作为作品人物的"莫言"所写的小说《酒国》。在这个《酒国》内部，已然真假虚实莫辨。如丁钩儿的枪一会儿真一会儿假；丁钩儿不断醉酒、灵魂出窍，同时出现纷繁的幻觉和混乱的梦境；宴席上被吃的婴儿胳膊像莲藕，仿佛又是莲藕像婴儿胳膊……错乱颠倒之间，读者不得不怀疑丁钩儿所调查、听说的吃人事件到底是真是假。

第二层级是李一斗小说和通信所建构的世界。在这一世界中，李一斗一方面义愤填膺地指认酒国的确存在吃人恶行，另一方面《神童》《驴街》《一尺英豪》三篇又充满矛盾。这种有意识的自我拆解，必然引导读者质疑李一斗的逻辑一致性，进而怀疑其指认的吃人事件是否可信。

第三章
现实批判：《酒国》

第三层级是作品中的"莫言"与李一斗相见后，发现李一斗树立的自我形象还有其书写的酒国社会，都是假的。现实里的李一斗是假正义、真投机，那么李一斗的所有讲述都变得可疑。然而，在李一斗的假故事之外，有些事情却是确定的：李一斗的英雄主义是假的，奴性恭迎变成宣传工具是真的；小说人物"莫言"写的作品《酒国》是假的，他醉倒在酒国，沉溺享受，堕落腐化，与腐败官员沉瀣一气是真的；传奇异闻里神秘的余一尺是假的，而投机钻营、世故圆滑、亵渎一切道德与崇高则是真的；金刚钻吃人可能是假的，但靠喝酒海量博得赏识、青云直上、道貌岸然则是真的。

第四层级则是现实中的莫言写的《酒国》。这个《酒国》由上述三个矛盾的层级构成。这一《酒国》不仅在逻辑上内部打架、自我解构，甚至通过戏仿，将所有的情节和批评语言都预先排演了一遍。如果说逻辑上的自我解构消解了《酒国》的批判所指，那么叙事上的戏仿，则以自我评判宣示对分析和解读的拒绝。如此，莫言从内容到形式拆解了《酒国》可能的意义指向，一腔愤怒导向虚无的黑暗和自我解嘲。

《酒国》写作于1980年代末至1990年代前期，这一时期包含莫言在内的知识分子普遍感觉到虚无和迷茫。1980年代强调个性与人道主义，但个人主义与人性思潮没有带来预期的启蒙效果，社会上确立了自我和个人意识，但就社会整体来看，这

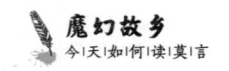

一自由缺乏平等的价值基底。同时，在发展与建设的新语境之下，适应新时代的法律制度和道德规约尚未完善。知识分子目睹了中国社会如何在思想解放、经济解放、技术与生产飞速发展、人民生活水平大大提高的进步背景之下，出现大量贪污腐败、物欲横流、道德滑坡、人性沦丧的恶劣怪相。《红高粱》中寻求的解放、个性、自由、诗意，在政治腐败与金钱浪潮中仿佛化成了泡影，留下失落的作家彷徨无地。莫言等作家对现实社会的腐败与唯利是图的泛化现象激愤不已，但同时自身也不免被市场经济的洪流裹挟，主动或被动参与了商业化的狂欢，甚至进行了"力所能及的腐败"。《酒国》写完之后，莫言因为经济压力一度涉足影视界，因而对举国商业化取向有深刻的感受和认知："固然可以赚钱，但丢掉了很多人的尊严"[1]。良知和敏锐让知识分子深刻地意识到问题却无力改变。他们深受愤怒与无奈的双重折磨，从价值体系到精神状态都处于失序动荡的状态。我们今天阅读《酒国》时，既要理解其批判对象所处的时代背景，也要理解处于特定时代中作家失望的心境。唯有如此，我们方能理解《酒国》以文学隐喻的手法表现的尖锐、虚无、灰暗及其夸张魔幻的外化形象。

---

[1] 莫言，孙郁.说不尽的鲁迅：2006年12月与孙郁对话//莫言.莫言对话新录.北京：文化艺术出版社，2010：211.

【我来品说】

1. 莫言认为《酒国》是"最完美的长篇",你怎么理解?

2. 你如何看待《酒国》对鲁迅"吃人"主题的继承和发展?

第四章 身体寓言：《丰乳肥臀》

> **导读**
>
> 在莫言的创作中，《丰乳肥臀》历来被认为是争议性最大的作品之一。这部被莫言评价为"最沉重的作品"，究竟讲了怎样的故事，何以被称为"最沉重"，又带给读者怎样的阅读感受呢？

第四章
身体寓言:《丰乳肥臀》

1980年代,莫言在军艺学习时,在美术欣赏课上,中央工艺美术学院教授用幻灯片给大家展示人体艺术作品。其中一张母系氏族社会时期的裸体女人雕像照片给莫言留下了深刻的印象,"两只硕大的乳房宛若两只水罐,还有丰肥的腹与臀,雕像的面部模糊不清。但她立在那儿简直是稳如泰山"[①]。莫言说这是最初激起《丰乳肥臀》创作冲动的灵感火种。此时,朦胧含糊的书写欲望还没有找到具体方向。1994年1月,母亲去世。莫言想写文章纪念母亲,母亲一生的苦难经历反复翻涌于莫言脑海,小篇幅的个人化抒情和纪念难以承载这些,他开始构思一部描写母亲的长篇小说。这一年秋天,莫言在地铁站看到了一个哺乳的农村妇女,她很憔悴,但她哺乳的两个孩子"长

---

① 莫言.《丰乳肥臀》解//孔范今,施战军.莫言研究资料.济南:山东文艺出版社,2006:30.

得像铁蛋子一样"①。夕阳余晖中,这杂糅着悲苦凄凉和庄严崇高的一幕击中了莫言。以双乳哺育孩子的母亲形象确立起来,莫言心中涌动着歌颂生育与哺养的创作激情,并且找到了具象化的象征符码:丰乳与肥臀。此即莫言献给母亲的作品:《丰乳肥臀》。

1995年,《丰乳肥臀》在《大家》连载,年底由作家出版社出版。1996年,《丰乳肥臀》获得首届"大家·红河文学奖",莫言拿到在当时数额不菲的10万元奖金。《丰乳肥臀》小说出版前就因为书名"被炒得沸沸扬扬",获奖以及巨额奖金更进一步增加了关注和讨论的话题度。"这一年,关于《丰乳肥臀》的评论文章有十数篇之多,但主要是严厉的批判之声占据上风"②。批判的声音主要围绕作品庸俗化和历史解构性展开,赞誉者则肯定了《丰乳肥臀》对现实的深切关怀和讽刺艺术。

以"丰乳肥臀"为书名,很容易被视作迎合市场的露骨、媚俗之举。争议初起时,莫言在《光明日报》发表《〈丰乳丰臀〉解》一文来解释书名蕴含的三个含义:首

---

① 莫言,王尧.在文学种种现象的背后:2002年12月与王尧长谈//莫言.莫言对话新录.北京:文化艺术出版社,2010:93-94.

② 李桂玲.莫言文学年谱.上海:复旦大学出版社,2014:57.

先,乳房和臀部象征了自然健康的生命力和庄严朴素的生命崇拜,取义古朴而非着眼色情;其次,作品主旨是歌颂母亲,特别是歌颂女性养育的伟大;最后,书写母亲同时也是对乡土大地的礼赞,"丰乳与肥臀是大地上乃至宇宙中最美丽、最神圣、最庄严,当然也是最朴素的物质形态"[①],象征母亲"厚德载物"的品格。

可以看出,当时莫言对文学界批评的回应主要集中于对"庸俗""色情"的自我申辩,而回避了就历史意识做有效对话。除了正常的文学批评和学理探讨,据莫言所言,他还因为此书遭遇了罗织罪名的诬陷、举报,对此他保持了无奈而又愤怒的沉默。一方面是无法消除的舆论喧嚣,另一方面是在单位面临的审查和检讨压力,最终莫言向出版社提出停止印刷、封存销毁的要求。《丰乳肥臀》同时将荣誉和诋毁带给了莫言,打击让莫言沉寂了一段时间,同时也让莫言决心从部队退役转业。

穿越立场不同的各种声音,我们首先应该承认《丰乳肥臀》作品的严肃性和诚挚性,把个人生命史拓展为百年中国史的开阔视野也堪称"大家气派"。而其引起的争

---

① 莫言.《丰乳肥臀》解//孔范今,施战军.莫言研究资料.济南:山东文艺出版社,2006:35.

议和喧嚣,侧面说明了《丰乳肥臀》对既有文学观念、创作视野、文化意识的撼动。如果我们把争议视作一种特殊的互动与对话,《丰乳肥臀》无疑是"对中国当代文学的一次突破"。多年后,莫言开始修改《丰乳肥臀》,在对谈中提及此书在个人创作史中的地位时,他说:"我更加明确地意识到,《丰乳肥臀》是我的最为沉重的作品"[1]。莫言说,如果要了解莫言,必须要看的一书应该是《丰乳肥臀》。

《丰乳肥臀》作者题诗

---

[1] 莫言,王尧. 在文学种种现象的背后:2002年12月与王尧长谈 // 莫言. 莫言对话新录. 北京:文化艺术出版社,2010:106.

第四章
身体寓言：《丰乳肥臀》

母亲的生命史

《丰乳肥臀》是一部献给母亲在天之灵的缅怀、悼念之书，也是一本母亲的生命传记。莫言将对母亲的深情和对母亲的回忆记录在这本书中。"毫无疑问，我的母亲的一生经历，在书中得到了一定程度的反映。"[1]小说所写的却不单是作者的母亲，而是中国农村妇女的一个缩影，莫言甚而希冀由此书写出天下母亲的精神。

《丰乳肥臀》由七卷加卷外卷结构而成，对母亲的叙事集中于前面三卷和第七卷。全书开篇即写在日本人即将进村的紧张时刻，母亲上官鲁氏也正要临盆。这已经是她在生过七个女儿之后的第八次分娩。

比起临盆的母亲，家里人对"初生头养"的黑驴更重视：一家人守在厢房给黑驴接生，而让母亲自己分娩。悲哀的是，母亲对此不但没有抗议，反而非常体贴甚至感动地催婆婆：

---

[1] 莫言.《丰乳肥臀》解//孔范今，施战军.莫言研究资料.济南：山东文艺出版社，2006：32.

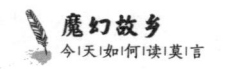

"娘，您快去吧。天主保佑咱家的黑驴头胎顺产……"[1]作者通过将人的分娩和动物的生产在同一画面中对照呈现，揭示农村妇女物化和生育工具化的现实，我们在萧红《生死场》中已经看到这种叙事策略。

《生死场》简介

《生死场》是萧红创作的中篇小说，主要讲述20世纪二三十年代东北农民"生"与"死"的故事。其中生育行为——妊娠、临盆——这一女性经验中独有的事件构成了群体生命现象的基本支架，并以鲜明的女性意识揭露了男权世界中女性卑微而无助的生存现实。

"窗外墙根下，不知谁家的猪也正在生小猪"[2]，在萧红笔下是这样克制收敛、将无限悲哀隐藏的一句话。而莫言将这个富有象征意味的场景拉长，使其过程化、动态化，同时膨胀式地感官化、细节化。作者详细地描写了黑驴难产的挣扎，场面血腥得令人不适。与此同时发生的事件，是七个女儿围在母

---

[1] 莫言. 丰乳肥臀. 杭州：浙江文艺出版社，2020：8.
[2] 萧红. 生死场. 北京：中国青年出版社，2014：128.

第四章
身体寓言：《丰乳肥臀》

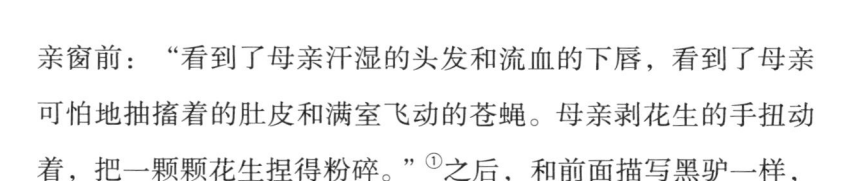

亲窗前："看到了母亲汗湿的头发和流血的下唇，看到了母亲可怕地抽搐着的肚皮和满室飞动的苍蝇。母亲剥花生的手扭动着，把一颗颗花生捏得粉碎。"①之后，和前面描写黑驴一样，作者用同样残酷暴力的手法写了母亲的第八次分娩。

母亲的前半生，都在生孩子。在封建意识浓重的乡村世界，女人首先是传宗接代的工具。母亲嫁到上官家三年无所出，受尽奚落和虐待。精明能干的于大姑姑带着母亲做了检查，确认原因在于丈夫上官寿喜不育。于大姑姑想要公布真相、谴责上官一家时，绕一圈却只能作罢。因为在男权当道的现实里，真相帮不到母亲。母亲自此走上"借种"之路，与七个不同的男人生了九个孩子。

连续生了两个女儿之后，母亲迎来新一轮变本加厉的虐待。虐待教会母亲残酷的真理：必须生儿子。婆婆上官吕氏训诫母亲道："没有儿子，你一辈子都是奴；有了儿子，你立马就是主。"②当第七个女儿出生后，上官吕氏绝望地大声号哭，而上官寿喜则拿棒槌对着刚生产完的母亲砸下去，"鲜血喷溅在墙壁上"，犹未泄愤，"这个气疯了的小男人，恨恨地跑出去，从铁匠炉里夹出了一块暗红的铁，烙在了妻子的双腿之间"③。

---

① 莫言.丰乳肥臀.杭州：浙江文艺出版社，2020：19.
② 同①8.
③ 同①614.

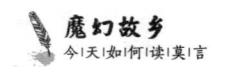

生男孩传宗接代的陈旧观念既是压迫上官一家的阴影、魔咒，也是支撑其暴力、残虐"合理性"的思想背景。正因如此，当于大巴掌上门为母亲惩罚上官寿喜、主持正义时，尽管母亲受了严重虐待犹如一株枯树，却只能说"我出了于家门，就是上官家的人"[1]。母亲已然被"无后为大"的封建伦理逼迫，与不同的男人"借种"，但其意识深处却依然恪守着从一而终的贞洁观，"本分自觉"地扮演着男性的附庸。

被烙伤后，母亲在濒死挣扎中走向了教堂，与瑞典人马洛亚牧师相爱。此前，母亲所有的性都是功利性的，是完成传宗接代任务的手段，最后一次甚至是被败兵轮奸和凌辱。只有和马洛亚牧师的性爱，是健康、自然、带有爱情色彩的，母亲是自觉而喜悦的。同时，也正是与马洛亚牧师的性爱，让母亲最后生下上官家族唯一的男孩上官金童。

母亲被动地执着于"生儿子"是受封建道德和封建伦理意识的压迫。描写母亲为此所遭受的凌辱、虐待和苦难，是对封建思想的外在批判；而对母亲本身蒙昧不觉的刻画则是对封建思想、男权思想的内在揭示。母亲尽其所能地关爱和保护每个孩子，但依然无法摆脱重男轻女的传统陋习。金童、玉女明明是双胞胎，但每次金童优先哺乳，都会把乳汁吸光。抱着八

---

[1] 莫言. 丰乳肥臀. 杭州：浙江文艺出版社，2020：615.

姐，母亲只能无奈地叹息八姐是"多余的"。即使情非得已，对孩子的不公正对待还是给女儿们留下了心理创伤。早熟的大姐代替所有女儿向母亲激动地呐喊出极端的不平："您心里装着的只有金童，我们这些女儿，在您心里，只怕连泡狗屎都不如！"[1]

中国近现代历史上，启蒙与解放的思潮曾吹向农村。小说写了国民政府时期新县长动员妇女放脚，也写了共产党组织妇女自救会，开设识字班，放脚抑或剪去发髻，但尚不能根除封建意识在中国农村种下的沉疴痼疾。母亲这样的农村妇女，深受封建思想的浸染压迫而不自觉，既是封建文化的牺牲品，又不自觉地被同化。莫言全面呈现母亲与生育交织的生命，既是对母亲所代表的生命繁殖、生命起源的崇敬赞美，也写出了母亲受封建迫害的哀恸无奈。

如果说生育是本能，哺育则出于人性和爱。尤其是极端恶劣条件下的哺育，更显出母亲的伟大和无私。小说最核心的隐喻即"丰乳"所象征的哺育。

首先，哺育是生理与物质意义上的哺育。之于孩子，母亲最早最直接的哺育体现为哺乳。上官金童是个嗜食乳汁的孩子，疯狂地吸食乳汁，甚至直到十岁还在吃母乳。母亲感觉

---

[1] 莫言.丰乳肥臀.杭州：浙江文艺出版社，2020：85.

> 魔幻故乡
> 今天如何读莫言

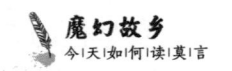

"这孩子,像个灌不满的无底洞,我的骨髓都快被他吸出来了"①,却依然忍受着。哺育还意味着保护弱小生命。当婆婆上官吕氏要将第六个女儿扔进尿罐溺死的时候,母亲奋不顾身地保护了女儿。母亲的哺育精神不只是对自己的孩子,宽厚的母性爱惜、呵护所有生命。缺粮饥荒的情况下,母亲仍然收养了没有血缘关系的司马粮,为了不让他饿死,母亲以单薄的身体同时为两个婴孩哺乳,母亲不断衰弱,犹如冬季后萎缩的萝卜,"从那数量越来越少的乳汁里,我已尝到了糠萝卜的味道"②。母亲背负着沉重的负担,以血肉之躯抚养了九个儿女和六个孙辈。为了哺育孩子,母亲甚至在饥荒严重的年代中异化出了反刍功能:在磨坊推磨时吞食粮食,回家之后再吐出来喂食孩子。开始时用筷子搅喉咙,后来伸长脖子就倒出来了。"娘的胃,现在就是个装粮食的口袋",习惯性呕吐让母亲的胃已经盛不住任何东西。通过对母亲的哺育的描写,作家展现了伟大的母性之爱,"丰乳"的第一重精神结构正是朴素而崇高的哺育生命的精神。

其次,母亲对孩子的哺育不仅是生理、物质上的哺育,而且更是精神上的哺育。对于儿女与孙辈而言,母亲像一座稳重的山,坚强不屈、百折不挠。在遭逢上官灭家的惨剧后,刚

---

① 莫言. 丰乳肥臀. 杭州:浙江文艺出版社,2020:69.
② 同① 115.

第四章
身体寓言：《丰乳肥臀》

莫言与母亲

刚生产完的母亲坚强地生火做饭，让女孩们吃饭，给上官金童喂奶。在饥饿至极的情况下，放弃自杀，"不死了！死都不怕了，还怕什么呢？"[①]率先带着儿女，走上大街，寻找吃食。卖掉女儿后，为了分泌乳汁为三个孩子哺乳，母亲忍着悲痛吞咽。特殊时期，被批斗的母亲背着鹦鹉韩乞讨，靠着讨饭养大了鹦鹉韩。母亲饱经苦难而坚韧不屈的精神，哺育了儿女，客观上这种精神也是儿女依赖母亲、将母亲视为最坚强后盾的原因。是以，女儿们在最困难的时候，都把第三代送回母亲身边抚养，而母亲一个瘦弱的小脚女人历尽千辛万苦成功养育了六个孙辈。

---

① 莫言.丰乳肥臀.杭州：浙江文艺出版社，2020：115.

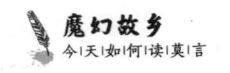

母亲永远的爱和接纳哺育着孩子,成为他们的精神支撑和良心寄托。极端要求进步的上官念弟在被批斗后自杀,在遗书中请求将自己送回母亲身边;上官金童劳改之后颓丧消沉,是母亲鼓动他"太阳亮堂堂的,花朵儿香喷喷的,还得往前奔呐,我的儿……"[1];对于被金钱异化腐蚀的司马粮、鹦鹉韩,母亲是他们最后的敬畏和人性。

缠着小脚的上官鲁氏瘦小而行动不便,饥饿、贫穷、劳碌的重担压着她,让她憔悴衰老。她以深沉宽厚的母性和顽强的生命力历经痛苦、顽强不屈地生活着。"丰乳""肥臀"正是母亲母性和生命力的象征。"这些精神,正是天下母亲的精神"[2]。

---

[1] 莫言. 丰乳肥臀. 杭州:浙江文艺出版社,2020:475.
[2] 莫言.《丰乳肥臀》解//孔范今,施战军. 莫言研究资料. 济南:山东文艺出版社,2006:32.

第四章
身体寓言：《丰乳肥臀》

家族的流变史

  与母亲伟岸、有力的生命形象相比，被视为上官家族未来希望的上官金童却软弱无能，堪称废物。讽刺的是，上官金童本来是希望的化身，是上官家族渴望传宗接代的结果和继续传宗接代的希望。必须生下男孩传宗接代不仅是男人们的渴望，而且是上官吕氏、上官鲁氏、上官来弟等上官家族女性的共同希冀。上官吕氏被日本人打晕神志不清时，"把孙子给她看看，好让她放心地走路"[①]是对其最大的安慰。母亲更不用说，忍辱负重地求子、生育，她的祈求最后落实在上官金童身上，所有人都知道母亲将上官金童视作命根子。姐姐们对悬殊的区别对待心有不满，却不约而同呵护唯一的弟弟，因为她们也认同上官金童才是家里的"希望"。1940年代的大饥荒中，四姐为了救家人自卖为娼，最后的凄然告别是嘱托金童长大成人、顶门立户："你好好长，快快长，咱们上官家可全靠

[①] 莫言. 丰乳肥臀. 杭州：浙江文艺出版社，2020：56.

你了!"

上官金童担负着传承血脉、绵延子嗣的重任和期许,但他却是"借种"所生。仿佛怕讽刺的意味还不够鲜明,莫言刻意地将上官金童的身世设计为中西混血,他的生父是瑞典籍牧师马洛亚。从基因上来说,上官金童是"混血儿",而生父则调侃地称他是"货真价实"的"杂种"。[1]他有无法隐藏的混血特征:"满头金发,耳朵肥厚白嫩,眉毛是成熟小麦的颜色,焦黄的睫毛,把阴影倒映在湛蓝的眼睛里。鼻子是高挺的,嘴唇是粉红的,皮肤上汗毛很重。"[2]"杂种"真是对"传宗接代"最辛辣的讽刺。

上官金童从小就听着人们议论他"杂种"的身份,陷入深重的自卑中不可自拔。他"用墨汁染黑了头发,涂黑了脸。眼珠的颜色没法改变","恨不得剜掉双眼"。想要改变面貌特征,正是出于自我厌恶和自我否定。改造容貌的徒劳无功就像上官金童对命运的无从抗拒,如同无法接纳自我又无法改变自我的命运预言。上官金童从小有"恋乳症",只能吸食乳汁,不吃其他东西,这直接导致他有明显营养不良和弱小无力的生理弱点。母亲想尽办法让他断奶,他精明又无耻地撒泼、装死,甚至害怕彻底断奶而软弱地投河自杀。上官金童叼着母

---

[1] 莫言. 丰乳肥臀. 杭州:浙江文艺出版社,2020:73.
[2] 同[1] 374.

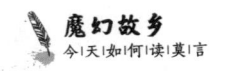

第四章
身体寓言：《丰乳肥臀》

亲的乳头长大，对乳汁的生理性生存需求转化为对乳房的心理迷恋，他最终长成一个金玉其外败絮其中的"恋乳"废物。从母亲溺爱的儿子变成皮囊漂亮的男人，上官金童是迷恋乳房的精神侏儒。迷恋乳房事实上是精神萎缩的外化行为。上官金童本质怯弱，回避现实，不敢成长，成年人的外壳装着无法独立亦不必自主的婴孩灵魂，"恋乳"的精神实质是寄生和依附。上官金童的一生可以概括为一个观察乳房、寻找乳房、依赖乳房、断乳和再次寻找的循环。在寻找乳房又失去乳房的一次次跌落中，上官金童的生命状态每况愈下。受"恋乳症"影响，上官金童患有精神障碍性疾病，无法承担繁衍后代的"重担"。正是上官金童无法克服的"恋乳症"及其荏弱怯懦、奴性苟且、得过且过、毫无血性尊严的精神状态，让深爱他、将之视为生命希望的母亲都彻底绝望。母亲痛苦地说："与其养活一个一辈子吊在女人奶头上的窝囊废，还不如让他死了！"[①]母亲想要"一个真正站着撒尿的男人"，传宗接代、轰轰烈烈、堂堂正正的男子汉，这种愿望终究以滑稽恶心的方式化成了泡沫幻影。

吊诡的是，上官金童在血缘上未能传宗接代，却变异性地从精神上继承了上官家族男性的软弱和卑微。自祖辈上官斗反

---

① 莫言. 丰乳肥臀. 杭州：浙江文艺出版社，2020：484.

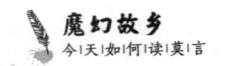

抗德国修建铁路被杀之后,上官家族的男性就堕入了"种的退化"之中。爷爷上官福禄、父亲上官寿喜都是双手秀气、软弱无力而油滑狡诈的"小男人"。上官福禄名为打铁匠,实际瘦小无力只配给光脊梁抡大锤的妻子做下手;上官寿喜一无是处,全面继承了上官福禄的绵软胆怯和偷奸耍滑。父子两人分别寄生在强悍能干的上官吕氏和吃苦耐劳的上官鲁氏身上,其卑怯弱小让上官吕氏痛斥"上官家的老祖宗都是咬铁嚼钢的汉子,怎么养出了这样一些窝囊子孙"[1]。这条软弱无力的精神谱系延续到上官金童这里,更是有过之而无不及。"借种"而生的上官金童是中西混血,身材高大相貌堂堂,从体格上来说超越了上官福禄等人;但在精神人格上,上官金童与上官福禄等一样怯弱无能,甚至变本加厉,其心理与人格上的依附性更加极端和病态,变成了一个心理和人格都不能"断奶"的精神侏儒。一个急功近利想要利用他获利却失败的女老板,恶毒但一针见血地揭露:"你是个十足的笨蛋,像你这种吊在女人奶头上的东西,活着还不如一条狗!"[2]无论从实际贡献还是从对亲人的情感价值来讲,上官金童都是彻底的零余者,一个"生则于世无补,死亦于人无损"的彻底的废物。

与男性相比,上官家族的女性无疑更为有力刚健。上官吕

---

[1] 莫言. 丰乳肥臀. 杭州:浙江文艺出版社,2020:11.
[2] 同[1] 512.

第四章
身体寓言：《丰乳肥臀》

氏精明能干，作风彪悍，生命力顽强；上官鲁氏饱经苦难但坚韧不屈；上官家族的女儿们都自然健壮、阳刚奔放。大姐、二姐、三姐、五姐、六姐为了爱情而大胆无畏、勇往直前。她们的爱情鲁莽、盲目，但也热烈、壮丽。四姐和八姐则显现出崇高的自我牺牲精神，一个为救家人自卖为娼，一个为了给家人省下粮食投河自尽。如果真有传宗接代，也许上官家族的女性谱系才传承了祖辈上官斗激愤不平、毅然反抗的刚烈与血性。这些或自由奔放或崇高圣洁的女儿最终都被历史汹涌的河流带走，上官家族的阳刚之气因而告终。最后，只剩下在母亲坟前幻想着乳房的上官金童和色厉内荏、怕老婆、油嘴滑舌、奸诈卑劣的鹦鹉韩。上官金童代表着乡野间奔放野性的精神逐渐趋向柔弱、衰颓和灭亡；而鹦鹉韩则代表着乡村在城镇化、商业化发展中唯利是图、背信弃义、庸俗粗鄙的一面。就像名字所暗示的那样，鹦鹉韩总是叽叽喳喳说个不停，而其繁复的话语却充满虚情假意，空洞无聊。作为上官家族唯一留存的第四世代，鹦鹉韩是新时代的高密乡民，他的多舌和其他品性都在表征着乡土中国走向市场化和商业化、都市化后的喧嚣与浮华的一面，以及喧嚣与浮华背后的空虚泡沫。

魔幻故乡
今|天|如|何|读|莫|言

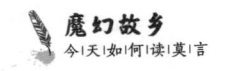

乡土中国的历史与现实

母亲的个人史，是乡土中国百年史的缩影。1900年，母亲出生那一年，德国人为了殖民而修建胶济铁路。铁路是一个象征符码，它夹杂在帝国主义强权侵略的殖民本质中，携带着现代社会的信号闯入了封建色彩浓重的高密东北乡。母亲就出生在封建与现代、殖民与反殖民各种意识冲突与交织的时代背景之下。德国人调戏中国妇女挑战了古老的道德尊严，引起沙窝村人的愤怒，并发展为更大规模的反抗活动，而反抗的方式是迷信愚昧的"屎尿战"。德国侵略者用枪械大炮残暴地镇压了手持铁棒槌、红缨枪的百姓。在暴力镇压中，母亲成了孤儿，这可以说是中国农民在卑弱妥协的政治现实与蒙昧昏沉的文化现实双向夹击之下的一个缩影。

同时，母亲的成长、婚姻和生育史，是一部用血与伤写就的反封建批判史。在姑姑抚养下，母亲按照封建道德和女性规范成长起来，封建女性规范的集中体现是裹小脚。在"女人不

第四章

身体寓言：《丰乳肥臀》

裹脚嫁不出去"①的时代，母亲经历了惨绝人寰的痛苦，裹成了出众的小脚，因而被姑父"视为待价而沽的奇珍异宝"②，要嫁给状元、督军或县长。然而时代已变，民国政府的新县长在高密掀起放脚运动，母亲历经苦难裹成的小脚，正是新时代价值观抨击封建陋习的靶子，母亲成了被时代抛弃的落后产物。以一头黑骡子为聘礼，姑姑和婆婆拍拍巴掌定了母亲的婚事。婚后，因为丈夫不育而长期未能生育的母亲遭受冷眼和虐待；被传宗接代的封建意识逼迫，母亲不得不痛苦又麻木地向不同男人"借种"——封建主义不仅摧残母亲的身体，更从人的尊严、情感、价值上剥削、凌辱母亲。"这是对封建主义最沉痛的控诉。"③

个人永远无法外在于历史，如同母亲在不自觉中被封建文化和封建历史迫害同时又被同化一样，母亲也受到了时代解放思潮的影响。推倒皇权只是反封建进程中的一个环节，反封建的全面落实还有待于解除男权、神权对人的束缚。小说中，母亲先后在妇救会引导下剪发，新中国成立后也参加了寡妇再嫁的集体婚礼。历史上，共产党组织的识字班、妇救会，对启蒙农村女性的

---

① 莫言. 丰乳肥臀. 杭州：浙江文艺出版社，2020：582.
② 同① 585.
③ 莫言，王尧. 在文学种种现象的背后：2002年12月与王尧长谈 // 莫言. 莫言对话新录. 北京：文化艺术出版社，2010：97.

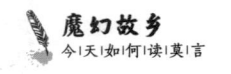

价值意识和自我解放，对革命和抗战，都发挥了重要作用。母亲经历了这个历史阶段，只是莫言用嘲谑讥刺的态度，将之描写成一场带有滑稽色彩的蒙骗，消解了其历史意义。

在莫言笔下，现代文明启蒙是通过天足时髦少女哗众取宠的表演和新县长的现代演讲表现的；女性解放运动是通过移花接木、连哄带骗的话术推展的。如果一切都被视作政治作秀或话语愚弄，历史变革和发展的主观真诚和客观影响将被抹杀和玷污。那么，对于莫言所控诉的封建思想，其变革力量究竟从何而来？如前所述，在莫言的批判视野之下，母亲及其生长的乡土空间与文化伦理素朴原始，有宽厚的包容性但也有不容忽略的愚昧，依靠乡土传统文化系统的自我审查和自我进化，是行不通的。当由信仰、思想、文明所引导的社会发展被作家理解或呈现为滑稽可笑时，其对历史、现实的批判只能止于自我否定却失去任何超拔的可能，只会导向无所归依的虚无。母亲在苦难岁月里沥血挣扎，她在战争、饥饿、政治动荡中辛苦抚养长大的孩子们，尤其是其儿子上官金童，是母亲伟大的表征也是其生命的意义。然而，生命的延续、未来的希望最后都变成对既往意义的质疑：沙枣花对司马粮的玩世不恭极度绝望，跳楼自杀；鲁胜利沉溺于权力无法自拔，因贪污腐败被判死刑；鹦鹉韩在话语的虚假泡沫下只剩下唯利是图；而上官金童是一个永远叼着奶头的软蛋，早已让母亲厌倦和绝望。如果

第四章
身体寓言：《丰乳肥臀》

说在漫长的苦难岁月中，朴素的生存信念和伟大的哺育精神让母亲坚持，那么哺育的意义幻灭后，就只剩下对生存本身的迷茫。莫言对迷茫本身无可奈何，只能让母亲在生命的尽头再次走向宗教，回避了直面虚无的恐惧。

如果说母亲是历史中的挣扎者，在担当和责任中走过人生，耗光了寄托在儿孙身上的虚假期待之后走向虚无，那么作为期待的直接指向——上官金童——则是当代现实的亲历者、观察者和沉沦者与零余者。比起母亲每一次绝处逢生的勇气，上官金童十分软弱，唯有随波逐流。在上官金童身上没有深刻的自我矛盾，"杂种"的基底仿佛已然奠定了其自我贬低的基础，甚至不存在自尊与自贬的冲突可能。上官金童敏感、脆弱，终生追求乳房的慰藉。作为一个本性虚无者，乳房就是上官金童追逐的价值意义。

是以，上官金童通过"乳房关怀"观察时代并与时代共舞。三年困难时期，他哀叹乳房的干瘪荒芜；反右和"文革"期间，他恐惧乳房坚硬如铁。1980年代是重要的观察时段，莫言重点描写了上官金童在该时期商业化狂欢中的"三起三落"。首先是开废品站暴富的独乳老金对上官金童怀有畸形的柔情，在西装领带、发蜡香水的包装下，上官金童一度被打扮成衣冠楚楚的总经理；之后是"东方鸟类中心"的女老板为了拉到银行贷款，同样包装上官金童，意图利用他向女市长实施性贿

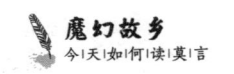

赂；最后上官金童受富商司马粮资助，利用自己的"恋乳"资历和天赋开设"独角兽乳罩大世界"，开业时升起两幅大标语——"抓住乳房就等于抓住女人""抓住女人就等于抓住世界"[1]，身体力行演绎了泛商业化时代的荒诞哲学。

每一次短暂的"辉煌"后，上官金童一定重蹈无能废物的命运，而每一次失意的颓败都必然伴随着上官金童在八九十年代繁华颓靡街景中的漫游。改革开放之后，人们从极端的政治狂热中解放出来。莫言失望地发现，金钱思维很快取代了政治思维，甚至比政治思维更深重地改变了人们的意识。经济地位和金钱权力变成当代的暴力形式，扭曲既有的社会秩序和道德意识，使人陷入失序、败德的狂欢。对此，莫言的感受是"社会普遍的堕落"，"80年代后期，政治淡化，欲望横流，标新立异，异想天开，整个社会就像一个乱糟糟的大集市……繁华后面充满了颓废，庄严后面都暗藏着色情"，"90年代之后的社会，从过去那种高度政治化变成高度的色情化，高度的欲望化，疯狂的金钱欲，变态的食欲，夸张的性欲"。[2]上官金童在城市颓废漫游，目睹了权力暴力、贪污腐败、金钱崇拜、色情低俗，这些正是作家对当时商业化、物欲化畸形发展与荒诞现

---

[1] 莫言. 丰乳肥臀. 杭州：浙江文艺出版社，2020：538.
[2] 莫言，王尧. 在文学种种现象的背后：2002年12月与王尧长谈 // 莫言. 莫言对话新录. 北京：文化艺术出版社，2010：101.

实的检视。物质丰富的纸醉金迷、道德沦丧的丑恶庸俗、"嚎叫"诗歌、老军医治性病、都市民谣……莫言将各种光怪陆离的奇异现象在同一时空交织、拼嵌，在模仿再现现实荒诞的同时不掩对其的厌恶与痛斥。

纵观《丰乳肥臀》，母亲和上官金童两个角色分别代表外在呈现和内在观察百年中国历史两种视角。作者通过母亲遭受和克服的苦难，呈现中国20世纪以来的社会变动和外在现实；通过上官金童挖掘、探索国人的精神结构和心理世界。母亲是外在苦难的承受者，上官金童是社会文化的观察者。同时，上官金童自身就是负面国民性的人格样本。正是在此意义上，莫言说："作为著者，我比较同意把上官金童看成当代中国某类知识分子的化身。我毫不避讳地承认，上官金童是我的精神写照"[1]。

【我来品说】

1. 如何理解《丰乳肥臀》引起的争议？
2. 《丰乳肥臀》对百年中国历史的描写有何特别之处？对莫言的历史意识你有何看法？

---

[1] 莫言. 新版自序 // 丰乳肥臀. 杭州：浙江文艺出版社，2020：1.

第五章 生命绝唱:《檀香刑》

> **导读**
>
> 深受鲁迅影响的莫言不仅继承了鲁迅所开掘的"吃人"批判主题,还继承了鲁迅对"看客"心理的批判,写了充满暴力血腥的《檀香刑》。对中国深重的"示众"文化与"看客"心理,《檀香刑》是如何呈现和剖析的?

第五章

生命绝唱：《檀香刑》

　　21世纪开端之年，莫言完成了又一部长篇小说《檀香刑》。2001年，该书由作家出版社出版，同年《檀香刑》在台湾出版，并获得《联合报》"2001年十大好书奖"。2003年，《檀香刑》和李洱的《花腔》共同获得"21世纪鼎钧双年文学奖"。2005年，该书以较高呼声参与第六届"茅盾文学奖"角逐，但最终无缘茅奖。无论得奖与否，《檀香刑》都引起了文学界、批评界的热议。肯定者盛赞《檀香刑》具有文化反思和启蒙的双重意义，是"新历史主义典范之作"，是代表当代汉语创作的"真正民族化的小说"。[1]批评者则反思了莫言在创作中对酷刑的耽溺式想象，批评其对暴力血腥的过度想象折射出人文主体性的缺失。话题的热度，并没有有效促进各种声音的对话和交流。事实上，《檀香刑》文本体现出莫言在民间文化立

---

[1] 张秀奇，刘晓丽. 狂欢的王国：莫言长篇小说细解. 太原：山西人民出版社，2013：509，510.

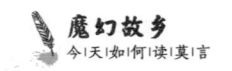

场、叙事创新探索和"血的历史"主题书写等方面极为鲜明的倾向性,这客观上限制了批评的面向维度。和其他作品相比,《檀香刑》的阐释空间相对有限,多元性和对话性较弱,表面的纷争、热议下潜藏着趋同性。

高密人民抗德阻路斗争

1898年德国强迫清政府签订《胶澳租界条约》,第二年开始修筑胶济铁路,强行破坏民地民房,激起民愤。6月,山东高密县大吕庄民众阻修铁路,被德军枪杀20余人。1900年正月起,高密民众不断发起抗德斗争,阻拦德方修建铁路,多位村民被德军和清政府杀害,德军还屠杀芝兰庄等地民众。袁世凯在镇压高密人民的抗争后,与德国铁路公司议定了修筑胶济铁路等条款。

《檀香刑》以晚清列强侵略、清朝政府腐败软弱、社会变革激荡为时代背景。小说的铺垫背景是1900年德国在山东修建胶济铁路时,德国工程师当众侮辱、调戏孙丙之妻,孙丙救妻杀人后投奔义和团,以夹杂迷信的宣传手段设神坛吸引大批民众,组织民众进行抗德活动。孙丙被诱降之后,

第五章 生命绝唱：《檀香刑》

德国在山东半岛修建胶济铁路

胶澳总督克罗德为了彰显德国势力、扑灭抗德的民族意识，向山东巡抚袁世凯施压，要求对孙丙施以残忍而缓慢的刑罚，以恫吓民众。从京城还乡的刽子手赵甲深谙酷刑之道，奉命对孙丙执行"檀香刑"。所谓檀香刑，是莫言虚构的一种酷刑。在莫言的想象中，这一酷刑不会立刻致死，在行刑之后尚可让受刑人苟延残喘几天，延长示众的时间，从而强化政治暴力的精神震慑效果。檀香刑是这部作品的核心意象，支撑起了作品的内在逻辑：执行檀香刑的背景是什么？谁是檀香刑的实施者和受刑者？檀香刑的实施过程是怎样的以及过程中折射出怎样的文化心理？实施檀香刑之后的社会效果会引发怎样的现实波澜？在波澜壮阔、动荡不安的社会变革中，将这一切以故事情节和生活细节串联起来的叙事线索是一位天足大脚、性情热烈的民间女性——孙眉娘。小说开篇就以孙眉娘的一段唱词交代了整本作品的主体矛盾：孙眉娘的父亲孙丙因带领民众开展抗德活动而被捕，孙眉娘的公爹赵甲奉命为孙丙执行檀香刑。和唱词呼应，小说正文第一句即开宗明义地交代了故事的最终结局："那天早晨，俺公爹赵甲做梦也想不到再过七天他就要死在俺的手里"①。莫言在此以极强的自信提前告知读者叙事主干和结局，不以情节上的神秘含蓄和紧张悬念为追求目标；他所追求和刻意营造的是，对已宣示主题的回环重复、不同立场声音的各自言说，最后形成众声喧哗的激荡合唱——通过叙事形式的繁复乃至歧义来模仿晚清时期历史现实的复杂性，可谓莫言"有意义的结构"或者结构的意识形态性的再度实践。孙眉娘以女儿和儿媳的身份，将受刑者和行刑者两个常见的对立关系连接在了家庭伦理框架之下；同时又以表面是干女儿实际是情人的角色，与代表权力体制基层官僚和精英知识分子的"干爹"县太爷钱丁产生关联，如此钱丁与受刑者孙丙之间除了表面的"官-民"关系之外，又增加了一重人性情感的牵绊。小说结构在二元对立的简单对峙关系之外，有了更为丰富的探索可能。

---

① 莫言. 檀香刑. 杭州：浙江文艺出版社，2020：3-4.

第五章

生命绝唱：《檀香刑》

血的历史

《檀香刑》聚焦的是中国历史长河中的酷刑。尽管作家的确存在对酷刑细节的过度沉迷与想象力的泛滥，也因此被批评家指出具有内在的原始主义、自然主义倾向；不过客观而言，作家的创作并不是以惊悚、血腥引起感官刺激为最终目的。换言之，以过度的暴力描写引起感官不适和心理冲击是莫言刻意采取的叙事策略：以文学阅读引发的厌恶、恐惧、排斥来撼动读者，从心理效果和情感体验上让读者接近历史对象。作者以文学想象还原行刑者、受刑者、旁观看客的历史感受，通过心理真实建构出封建权力、殖民暴力、民众蒙昧的历史场景，在刑场这一特写式展示空间中高度凝缩对立冲突的权力关系，并在动态演示中观察权力关系背后的文化心理，从而激发读者对历史的想象、思考和批判。

《檀香刑》写了六次行刑的场面，除了第六次檀香刑是作品叙事时间的当下场景之外，另外五次都是通过刽子手赵甲回顾其职业生涯呈现出来的。六次行刑的过程，也是赵甲从旁

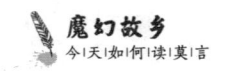

观看客到对酷刑发生兴趣、学习施刑,再到成为娴熟的刽子手并为此骄矜自傲直至死亡的过程。第一次刑罚是斩首,在浓郁的民间神秘色彩之下,赵甲由母亲亡魂引导,目睹了处决舅舅的过程,同时在师父余姥姥的启蒙下,走上刽子手生涯。第二次是协助余姥姥以"阎王闩"处决偷盗的小太监。这次刑罚是作为刽子手的赵甲直面封建王权最高权力代表者——皇帝——的一次展演。从赵甲身为刽子手的异化之路来说,这次经历有两个影响。首先,塑造了赵甲对刽子手的价值认同感和"职业骄傲"。刽子手身份给他带来了面对皇帝不跪的特权,对于赵甲来说,这无上的光荣并不是出于超越了封建等级意识的平等观,相反恰是对权力的极度拥护和崇拜。因为有浓重的奴性意识,他才将不必下跪当作至上殊荣,而这种殊荣恰恰是刽子手身份所带给他的:"脸上涂了鸡血的刽子手,已经不是人,是神圣庄严的国法的象征。我们不必下跪,即便是面对着皇帝爷爷。"[1]其次,对小太监实施"阎王闩"的过程中,赵甲"参透"了当权者追求残暴刑罚的本质。刻意选择更为痛苦、更具表演性的刑罚,首要目的是让受刑者更加痛苦,"就是要让那些个太监们看着小虫子不得好死,起到杀一儆百的效果";同时,"必须把执刑的过程延长,起码要延长到一个时辰,要让

---

[1] 莫言. 檀香刑. 杭州:浙江文艺出版社,2020:43.

它比戏还好看"。①

至此，赵甲深刻地了解了刽子手的职业精髓：他们是行刑者，是上层暴力权力的实践载体，承担着惩罚功能；同时，他们也是表演者，给旁观者提供"鉴赏"的观看价值。实施"阎王闩"不只是肉体上的凌虐惩罚，更通过刻意折磨满足统治阶级手握特权、掌控生命的病态心理。心领神会后，赵甲行刑时，时时注意对观赏者的迎合、满足："小虫子怪叫一声，又尖又厉，胜过了万牲园里的狼嗥。我们知道皇上和娘娘们就喜欢听这声，就暗暗地一紧一松——不是杀人，是高手的乐师，在制造动听的音响。"②此处，赵甲还以津津乐道的口吻回顾余姥姥以"腰斩"惩处盗取国库的库丁。这三次刑罚，写出了赵甲在刽子手职业道路上的"成长史"，同时也揭露了晚清朝廷暴力、残虐、病态的极权色彩和文化本质。

另外三次刑罚，则写出了受刑者对行刑者的震撼和警醒，以及行刑者最后的覆灭命运。对"戊戌六君子"执行的是"斩首"。与第一次描写"斩首"的旁观视角不同，此次赵甲是"斩首"的行刑者；而行刑对象并非全然的陌生人，相反，赵甲极为赞佩刘光第的"清正廉洁、高风亮节"。而干净利落地施行"斩首"，是他的回报方式。如果说，"斩首"场景中的

---

① 莫言. 檀香刑. 杭州：浙江文艺出版社，2020：38.
② 同① 46.

行刑者与受刑者在对等地对峙，那么对行刺袁世凯失败的钱雄飞处以"凌迟"则击垮了赵甲的自得心理。"凌迟"这一章节，写得极为细致，过度细腻地描写了行刑的过程，其中有不少过度暴力和血腥的描写引起读者严重不适，读者和批评者对《檀香刑》暴力叙事的批判质疑也主要集中在这一部分。莫言详细描写了暴行施加于肉体对受刑者的戕害，将受害者完全物化为血肉有机体，而剔除情感、人性和道德干扰，这显然出于模仿刽子手心理与视角的叙事动机。有些批评者认为这样的语言狂欢丧失了"创作主体的人文立场和应有的道德审视"。不过，在冷漠地将人物化、肌体化之后，莫言令人意外地写了殉道英雄历经"凌迟五百刀"仍然雄浑高贵、坚不可摧的英雄精神和革命意志。钱雄飞的双目被挖出扔在地上，但在赵甲看来"还是有两道青白的、阴冷的死光射出，似乎在盯着什么。赵甲知道，它盯着袁世凯。这样的两只眼睛射出的光芒，会经常地让袁世凯袁大人忆起吗"①。革命英雄虽然死于刽子手的凌迟，但其悲壮赴死的英雄气魄却震撼着麻木冷血的刽子手，引发其灵魂不安和精神自省。作为刽子手，赵甲有两次精神死亡：一次是凌迟绝代名妓后他失去了性能力，按照莫言常用的叙事范式，以此表征其生命力的衰退和人性异化；而另一次则是凌迟

---

① 莫言.檀香刑.杭州：浙江文艺出版社，2020：197.

第五章

生命绝唱：《檀香刑》

钱雄飞后，赵甲精神崩毁，外在表现是双手发烫、"红成火炭"。不过，如同刽子手的历史命运不是觉醒而是灭亡，"戊戌六君子"和钱雄飞虽然震撼过赵甲，但一旦回到官本位和崇尚王权的权力体制中，赵甲就再度淹没于暴力权力和封建奴性的腐蚀之中。是以，他受到慈禧太后嘉奖，被视为刽子手中的状元时，骄矜自喜，更以此为政治资本凌辱他人，获得狭隘的心理满足。更在受袁世凯赏识重用时，怀抱着知恩图报的心理，尽心竭力对孙丙执行檀香刑。而最后一次执行檀香刑，赵甲竭尽所能地将刑罚变成了盛大的狂欢表演。但刑罚的表演虽是对暴力者的病态满足，但也激起了潜在的反抗意识。从这个角度上讲，檀香刑具有警醒、教育的功能。最终赵甲死于孙眉娘之手，是死于麻木背后的复仇怒火。

《檀香刑》的六次刑罚某种意义上是中国近代历史和暴力政治的缩影。赵甲进入刽子手行当，始于乞讨逃难的生存困境，是对晚清民不聊生的历史写实；执行"阎王闩""腰斩"则是封建统治者专制、暴虐的结果，揭露了晚清政府对内暴戾、残忍的封建暴行；斩首"戊戌六君子"、凌迟义士钱雄飞，一方面呈现了近代以来怀有救国热情的知识分子不断发起的社会革命活动，另一方面也鞭挞了苟延残喘的封建王权对革命力量的血腥屠杀和镇压；重点描写的檀香刑背景更加复杂：整体背景是1900年德国殖民者在山东修建铁路引起的冲突，而

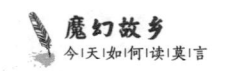

冲突的本质既夹杂着国族立场冲突，也包含着现代与传统、先进与落后的冲突。莫言自陈《檀香刑》写作时，脑海中有一个鲜明的画面："一条潜藏在地下的巨龙痛苦地呻吟着，铁路压在它的脊背上，它艰难地把腰弓起，铁路随着它的腰弓起来，然后就有一列火车翻到了路基下。"[1]显然，《檀香刑》具有一重"殖民现代性"的批判维度。是以，莫言描写殖民者克罗德不仅要求惩罚破坏铁路的孙丙，而且要求刑罚极端痛苦而时间漫长，起到"震慑刁民"的作用，"希望执刑后，还能让犯人活五天，最好能活到八月二十日，青岛至高密段铁路通车典礼"[2]。铁路通车这一象征符码隐喻现代必然降临，而殖民者将自己视为"现代"代言人。在克罗德看来，让孙丙在痛苦与屈辱中目睹通车，目睹自身反抗的失败，不仅是肉体上的惩戒，更是精神上的羞辱和摧残，以此昭示抵制殖民犹如抵抗现代化一般徒劳无功。克罗德通过向晚清政府、山东巡抚袁世凯施压来实施对孙丙的刑罚，则揭露了对内凶残的晚清政府对外国殖民势力妥协退让的屈辱现实。因而，檀香刑是西方所谓强势现代化的冲击之下，封建主义和帝国殖民主义对中国民众的合谋凌虐和多重剥削。

---

[1] 莫言. 大踏步撤退：代后记//檀香刑. 杭州：浙江文艺出版社，2020：417.

[2] 莫言. 檀香刑. 杭州：浙江文艺出版社，2020：90.

第五章

生命绝唱：《檀香刑》

酷刑下的反抗

莫言不仅将刑罚当作客观历史现象来描写，更是透过描写刑罚尤其是酷刑表现对暴力权力的批判与思考。《檀香刑》以刽子手赵甲为切入角度，其叙事目标是透过具体的人透视异化、工具化的刽子手背后的权力体制。是以，小说中反复强调刽子手代表着"国家的法"，"执刑杀人时，我们根本就不是人，我们是神，是国家的法"[1]。同时，作者迹近重复地让赵甲两次陈情，认为动荡时代里，国家需要刽子手，强调刽子手理应体制化。尤其是第二次，面对慈禧太后时，赵甲对刽子手职业的体制化设想带有鲜明的讥刺意味："应该把刽子手列入刑部的编制""还希望能建立刽子手世袭制度，让这个古老的行业成为一种光荣"[2]。

赵甲请求刽子手入编、重刑治国，既代表了历史上主张严刑酷法的声音，又客观上折射出莫言对中国历史野蛮暴力、黑

---

[1] 莫言. 檀香刑. 杭州：浙江文艺出版社，2020：41.
[2] 同[1] 300.

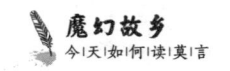

暗凶残面向的特殊关注。赵甲将酷刑上升为国家的排场，屈从殖民暴力对国人行刑不觉得耻辱，却病态地追求刑罚的精致、排场，认为"这是大清朝的排场，不能让洋鬼子看了咱的笑话"，阿Q式地自我蒙蔽："咱家要让你见识见识中国的刑罚，是多么样的精致讲究"。①力透纸背的国民性讽刺和批判十分明显。但是，为了强调中国文化的腐朽性和暴力性，作者情绪化地夸大事实，将客观存在的局部现象等同于中国历史和现实全貌，则明显有失偏颇。作者借外国人之口评价道："中国什么都落后，但是刑罚是最先进的，中国人在这方面有特别的天才。让人忍受了最大的痛苦才死去，这是中国的艺术，是中国政治的精髓"②。事实上，中国政治历史既有血腥残暴的一面，也有"不以取强"的政治智慧和文化传统，忽略这些方面的同时又以封闭的态度将酷刑暴力上升为中国独有的现象，不免有失当之虞。是以，批评莫言者往往就此质疑其创作中的文化虚无主义和"自我东方主义"。

酷刑并没有如暴力权力所希望的那样，发挥杀鸡儆猴的震慑效果。事实上，暴力和酷刑的漫长历史，从来没有真正扑灭潜藏的反抗意识；甚至，暴力和酷刑反而激发和强化了民众的反抗意识。在此意义上，中国的暴虐酷刑历史，同时伴随

---

① 莫言. 檀香刑. 杭州：浙江文艺出版社，2020：285.
② 同① 102.

第五章
生命绝唱:《檀香刑》

着民众反抗暴力的历史。《檀香刑》无疑抓住了这一矛盾性事实。一方面调动感官想象再现酷刑现场,另一方面描写了酷刑的反向作用。作为暴力体系中的具体执行者,赵甲追求暴力的极致;作为刽子手,他同非人的封建暴力精神同质同构,逻辑上都将人退化为"物"看待。但这种原始物化的反人性暴力,不能摧残真正的高洁者和信仰者。所以,斩首"戊戌六君子"让赵甲感到手腕酸软、全身疲软,失去了力量;而凌迟刺杀袁世凯的义士钱雄飞则让他"付出了血的代价",终至要告老还乡。从叙事策略而言,这一设计可以视为莫言对那些具有政治抱负、理想光辉和自我牺牲精神的历史人物的致敬;这些人物的精神、信念消解了酷刑的恐怖性,也消解了其镇压、震慑的政治动机。

重点描写的檀香刑相对纠结,既写到了蒙昧民众以看戏心态围观行刑,也写到了受刑者隐秘的"成仁"心理和表演欲望;最终围观者与受刑者合成了悲壮苍凉的大合唱,酷刑更直接激发了县太爷钱丁的觉醒和反抗。在对峙的权力关系中,钱丁属于游离者。无论是从民族情感、精英的气节教育出发,还是就他与孙眉娘的热烈感情而言,钱丁都倾向于同情孙丙。但同时,他也具有知识分子的懦弱,受到中国传统官本位文化的毒化腐蚀,迂腐地忠实于朝廷,渴望受上位者赏识重用,因此不得不违背初衷和本心配合实施檀香刑,成了暴力的帮凶。但

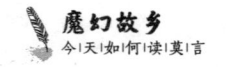

是，酷刑背后猫戏班的牺牲、无辜民众的流血和殖民者的凶残与背信震惊了他，也唤醒了他的反抗意识。最终他在铁路通车之前，杀死孙丙，破坏了檀香刑，客观上一定程度上瓦解了殖民者的阴谋。从这个角度上讲，《檀香刑》在揭露暴力历史和黑暗政治，同时也在酷刑视野下书写中国的反抗精神史。

第五章

生命绝唱：《檀香刑》

"示众"文化批判

一个多世纪以前，鲁迅在观看日本课堂的幻灯片时深刻意识到国人麻木、冷漠的"看客"心理。在此刺激之下，鲁迅终其一生都在批判"看客"心理。在其创作中，鲁迅反复塑造示众、刑杀的场景，设计"看"与"被看"的关系结构。《檀香刑》继承了鲁迅的"看客"批判主题，深度批判了"示众"文化。

围观行刑的晚清民众

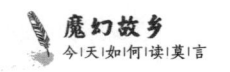

《檀香刑》一方面继承和延续了对鲁迅"看客"心理的主题探索，另一方面，更为强调"看"与"被看"内在关系的表演性。因而，施刑人和受刑人，甚至包括看客，都有了表演和看戏的主动自觉。突出主动性、表演性之后，肃杀的刑场就转化为戏台，行刑变成一场有准备、有预期、有设计的表演。如果说鲁迅的斩首和示众场景往往是历史的切面，以特写的方式做场景截取和凝视剖析，那么莫言更重视在动态中建构示众与酷刑的前后过程，在发展中展现多重矛盾，叙事上也更具旁逸斜出的多元效果。刑场从具化的行刑之地转化为表演舞台后，对表演背景、表演诉求的要求变得更高。是以，施行檀香刑之前，借助孙眉娘、赵甲、钱丁和孙丙等不同角色，分别讲述孙丙将要受刑的前因，将驳杂的历史较为具化地呈现出来，成为"大戏"的宏大背景。较之鲁迅将"示众"抽象化处理，寻求文化上的隐喻性和象征性，《檀香刑》将刑场转化为连续、过程化的戏台表演，更突显历史的细节性、丰富性以及现实指向性。

　　从受刑者的角度而言，《檀香刑》也做了创新性探索。鲁迅描写的受刑者大致分为两种类型：一种是麻木的"示众的材料"，这一类是以阿Q为代表的混沌、昏沉的蒙昧民众；另一种是为革命牺牲的清醒赴死者。在其他作家笔下，对受刑者的书写往往将其当作牺牲品的象征符码，较少剖析受刑者的内在冲突。《檀香刑》中孙丙作为受刑者，一方面是反抗德国殖民活动的民族抵抗者，另一方面其组织抵抗活动的方式带有浓重的迷信、欺骗色彩。作者心态复杂地描写了孙丙在妻子受辱时的愤怒暴起、打死德国人时的避祸畏惧，以及"设立神坛，教授神拳，驱逐洋鬼出中原"的愚昧荒诞。整个反抗活动，俨然一场闹剧。真实的孙丙掩藏在白袍银甲的抗金英雄岳元帅脸谱之下，跟随者是扮成孙悟空、猪八戒等自称具有刀枪不入神功的"虎将"。莫言以调侃、讥刺的笔调描写他们扒铁路、冲击德国人的行动："岳元帅动员完毕，高举起枣木棍子，呐喊着，奋勇朝前冲去。孙悟空和猪八戒摇着大旗紧跟在后边。小艾虎摔了一个嘴啃泥，鞋子也让黑色的粘泥沾掉了。"[1] 乌合之众的滑稽行径，散漫而愚蠢，解构了正史叙述民间反殖民活动的严肃庄重。檀香刑从前因的事件背景，就带上了滑稽闹剧的游戏色彩。莫言多次提到孙丙的活动像是自欺欺人的拙劣演戏，上文冲击德国人的活动，在旁人看来，也像是演戏："正在铁路上干活的小工们，起初还以为是演戏的来了呢。待到近前，才知道是百姓造反了。他们扔下家什，撒腿就跑了。"[2]

在这种背景下，走上刑场的孙丙与其他受刑者形象相比，显然充满内在矛盾性：他是一个杂糅着封建愚昧性、民众狭隘性和民间刚烈性、民族自觉性的综合体。孙丙坦然接受檀

---

[1] 莫言. 檀香刑. 杭州：浙江文艺出版社，2020：179.
[2] 同[1] 179.

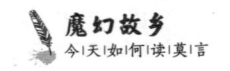

香刑，在既有的悲壮之外，不可避免地掺杂了一些不纯粹的因子。莫言揭示了孙丙坚持上刑场的内在复杂性：既是慷慨赴死和内在反抗精神使然，同时也受传统功名意识影响，希冀登上英雄名录、传唱不朽。第二种主观动机导致孙丙的行为具有刻意的表演性和自私性，如在乞丐朱八、小山子帮其越狱时，为了千古留名而抗拒、挣扎，直接导致朱八等殒命。受刑并不是完全被动，而是孙丙在一定程度上的主动抉择。刑场上，孙丙和刽子手赵甲相见时彼此客气有礼，也是孙丙英雄气魄的表演内容。表演让受刑的动机更为复杂，客观上也以人性狭隘的一面破坏了传统殉道者的纯粹和悲壮。但根本而言，受刑是孙丙宣扬反抗和唤醒民众的契机，"俺盼望着五丈高台上显威风，俺要让父老乡亲全觉醒，俺要让洋鬼子胆战心又惊"[1]。将反抗殖民寄托在受刑牺牲上本身具有非理性，莫言不曾回避剖解其中展现的复杂人性，但莫言也写到孙丙受刑对民众的激励和对钱丁所代表的体制内知识分子的警醒，酷刑没有导向全面的价值虚无。

而从刽子手的角度而言，既有书写中刽子手是隐性存在，从刽子手视角观察和诠释酷刑的探索较少。莫言则将刽子手赵甲提升为重要角色，让其代表行刑者发声，想象刽子手的

---

[1] 莫言. 檀香刑. 杭州：浙江文艺出版社，2020：337.

第五章
生命绝唱：《檀香刑》

内心世界。《檀香刑》展开描述了刽子手这一特殊人群如何认知、理解自我。赵甲多次强调刽子手"是神圣庄严的国法的象征"，从国家暴力统治工具的角度确立自我认同。这种职业认同和自我定位给赵甲带来了双重异化的影响。首先是自觉将自己工具化，不把自己当人，物化为"一尊石头雕像"[1]，或者自我神格化，"执刑杀人时，我们根本就不是人，我们是神"[2]。但无论怎样自我拔高，其健康的自然生命力和人性都伴随着其刑杀认同而逐渐消退，在赵甲口述中，刽子手是不长胡须、性无能的内心残缺之人。其次是对他人生命的异化认知。赵甲眼中的受刑者已然剥离了其社会性和精神性，而降格为"屠宰"的客体对象，"简直就是一堆剔了骨头的肉"[3]。而这种双重异化，事实上是服务于暴力政治权力的自然演绎。当权者对民众生命抱持不以为然的随意和屠戮态度，将刑杀生命当作政治统治手段，作为其意志的实施工具，赵甲的异化是必然结果。

以刽子手的角色思考酷刑本身，比起外在于刑场的批判者无疑提供了更为现场化的视角。赵甲的职业认同，建立在他对暴力统治者内在精神深度把握和迎合满足的基础上。对待从家

---

[1] 莫言. 檀香刑. 杭州：浙江文艺出版社，2020：43.
[2] 同[1] 41.
[3] 同[1] 55.

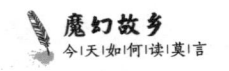

庭伦理上讲关系匪浅的行刑对象孙丙，赵甲的态度是"自作自受"；向孙丙施刑，是代替统治权力对广大看客的暴政教育，"让他们老老实实当顺民"。除了残暴专横，暴力统治者同时也具备麻木无聊的精神特质。而酷刑既满足了残暴当权者的虐杀欲望，又为其提供强烈的感官刺激。莫言认为这是酷刑在历史上长盛不衰的隐性文化因素。赵甲深谙上位者看客的需求与心理，施刑过程中就更加追求表演性，以增强"鉴赏"效果，因此获得皇帝的赞赏，"还是刑部的刽子手活儿做得地道！有条有理，有板有眼，有松有紧，让朕看了一台好戏"[1]。刽子手行刑的过程，也是展示和表演的过程，如此行刑者和受刑者就从对立关系转化为潜在的"合谋"。就像赵甲最后对孙丙执行檀香刑，二者更像是合作关系，合力表演了一场震撼人心的酷刑。而竭尽所能、兢兢业业地把"活儿"做漂亮，在赵甲看来正是对受刑者的尊重和致敬。

【经典品读】

《檀香刑》对"行刑者"与"看客"的描写段落

乡亲们，好戏还没开场呢，你们就看傻了，等明天

---

[1] 莫言. 檀香刑. 杭州：浙江文艺出版社，2020：49.

第五章
生命绝唱：《檀香刑》

> 好戏开了场，你们怎么办？有咱家这样的乡党，算你们有福气。要知道天下的戏，没有比杀人更精彩的；天下的杀人方式，没有比用檀香刑杀人更精彩的；全中国能执檀香刑的刽子手，除了咱家还有何人？因为有了咱家这样的乡党，你们才能看到这全世界从来没有过今后大概也不会再有的好戏了。这不是福气是什么？让你们自己说，这不是福气是什么？

刽子手对酷刑功效性的反省和质疑，更加具有说服力。当刽子手将人物化为单纯的肉体，以对待动物的方式对待人的身体时，其内心是冷漠麻木的。但当他对"戊戌六君子"、刺袁义士钱雄飞等施加酷刑时，受刑者的人格魅力和精神信念则强烈冲击着其僵化的生命观，让他感受到人毕竟不是单纯的肉体和动物，人具有高贵、庄严的精神性。刽子手可以戕害和剥夺他们的生理生命，但不可能摧毁其精神意志。事实上，这从根本上否定了刽子手的存在意义。假如酷刑只能绞杀肉体而无法扑灭精神，那么就意味着酷刑震慑大众、根绝反抗的根本诉求注定失败。参透了这一点的赵甲，就从酷刑的实践者变成了最有力的消解者。

如果说受刑者与施刑者是自觉的表演者，准备着被看；

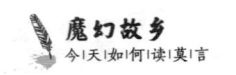

那么围观者则无疑是完成表演的重要环节。和鲁迅一样，莫言也写了看客的麻木、无聊和冷漠。闲人们围观刑台，不满死囚窝囊，嫌死囚竟然没有唱几句。这样的看客嘴脸很容易让人联想到《阿Q正传》或《示众》里的看客们。不过，刽子手点出酷刑刑杀的对象不只是刑场上的受刑者，更为广大的看客群体才是刑杀的所指对象。不是因为看客想要看戏，才有刑场表演，刑场大戏是为了震慑看客而设计的。因此，在批判看客愚昧之余，作者也相当同情地点出看客是潜在的施暴对象和驯化对象。刽子手没有摧残他们的肉体，但是酷刑表演已然对他们施行了精神阉割，以暴力再度强化了其奴性与麻木，使其继续忍受而苟且，从而客观上起到了维护政治稳定的效果。不过，强调施刑的表演性，也使看客有从旁观者变成表演者的可能。在孙丙遭受檀香刑的场景中，看客们从麻木看戏到与孙丙共同合唱猫腔戏，使看客与受刑者共同登台演戏，形成激愤的共情效果。《檀香刑》富有深意的设计之一，就是檀香刑真正的猎杀对象并不是孙丙，而是看客和民众，故而以孙丙受刑引诱看客，实施更大规模的屠杀和镇压。是以，钱丁在刑场看到了德国殖民者和其背后的清兵对猫腔戏班和台下观众大肆屠戮。也可以说，正是看客和民众的流血、死亡，才击溃了钱丁苟且隐忍的幻想，使他最终奋起反抗。

"在人生的道路上，每个人都会在不同的时刻，扮演着施刑人、受刑人或者是观刑人的角色"①。而观照酷刑历史，对莫言而言还有批判现实的寓意，"作为一种残酷的刑罚，檀香刑消失了，但作为一种黑暗的精神状态，却会在某些人心中长久地存在下去"②。挖掘和呈现黑暗，是莫言赋予《檀香刑》的文学使命。当我们看到莫言对黑暗状态的极致书写，不要忘记作家在酷刑现场、从"血的历史"中召唤出的反抗酷刑、反抗暴力的民间之力与信念之美。这些幽微的精神闪影，是刑场之地那些生命绝唱自觉或不自觉的意义。

【我来品说】

1. 莫言为什么说《檀香刑》是"大踏步撤退"？
2. 《檀香刑》具有哪些文学价值？你如何评价其中的暴力描写？

---

① 莫言.《檀香刑》是一个巨大的寓言：在京都大学会馆的演讲//讲故事的人. 杭州：浙江文艺出版社，2020：53.
② 同①53.

第六章 魔幻纪实：《蛙》

> **导读**
>
> 当前，人们很关心中国人口问题。而莫言早在十多年前，已经写出《蛙》，以文学的方式对计划生育政策做了历史回顾。让我们来了解一下，莫言在这部有强烈政治关怀的小说中写了什么。

第六章

魔幻纪实：《蛙》

计划生育是我国一项基本国策，目的在于使人口增长同经济和社会发展计划相适应，于1982年写入宪法。在之后很长时间内，提倡晚婚、晚育、少生、优生，为控制人口过快增长起到了重要积极作用。然而，2010年第六次全国人口普查数据显示，中国的人口结构已然进入轻度老龄化状态，而人口增长率和前十年相比却下降近一半。以此趋势发展，代际人口更替将更为失衡。与1980年代顾虑人口过快增长不同，21世纪第一个十年之后，中国开始担忧已呈下降趋势的生育意愿。第六次全国人口普查的结果，推动了之后放宽生育限制的调整方向，直至相继出台了鼓励生育二胎、三胎的政策。

此前一年——2009年——莫言发表了反思计划生育问题的长篇小说《蛙》；2011年，《蛙》获得第八届茅盾文学奖。授奖词称《蛙》"在平实中尽显生命的创痛和

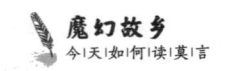

坚韧、心灵的隐忍和闪光"[①]，这无疑是对《蛙》精神世界的精辟概括。《蛙》是一部带有历史痛感的小说，它所呈现与揭示的是民族国家寻求现代化发展的宏大理性与个体情感、需求之间产生的矛盾；充分而夸张化的文学想象还原了计划生育政策执行过程中历史真实的痛苦与深切。真实且深刻的是，莫言在批判计划生育政策执行中的粗暴与苦难时，注定无法凭借任何单一的价值维度做简单评判。现实理性和生命伦理的冲突既是客观历史的悲情无奈，也是作家左右为难的困境，小说则归于"他人有罪，我亦有罪"的无解。

---

① 中国社会科学院文学研究所．中国文学年鉴：2012．北京：中国文学年鉴社，2012：673．

第六章

魔幻纪实:《蛙》

"蛙"的隐喻

一如莫言其他作品,《蛙》取景于他所熟悉的中国北方农村。小说共五部,每一部都以小说叙述人物蝌蚪给日本友人杉谷义人所写的书信开始。五封书信交代了蝌蚪是一名爱好文学的剧作家,他在与杉谷义人交流的过程中,受启发和鼓舞,想要以自己的姑姑万心为原型创作一部话剧。姑姑万心是新中国培养的第一代妇产科医生,在推行计划生育政策的过程中,姑姑成为计划生育工作在基层一线的具体执行者。在第一封信中,蝌蚪表示希望以姑姑的一生为素材,写出像《苍蝇》《脏手》那样优秀的剧本。小说的主体部分中,蝌蚪既是讲述者也是历史亲历者、参与者;从蝌蚪的视角,以姑姑为中心重新建构了新中国成立以来农村前后六十年的生育场景。在超越半世纪的时间跨度中,莫言试图以生育为切入点,以农民的一分子,"作为老百姓"去还原六十年的历史图景,试图再现计划生育年代[①]以及

[①] 本章中主要指提倡一对夫妻只生育一个孩子,即提倡独生子女的年代。

改革开放商品化大潮等不同的历史背景下生育的各种形态。小说的第五部,是蝌蚪所创作的充满后现代主义色彩的话剧,在充满象征意味的舞台上,创作者和角色混杂,难以分辨这是文学想象还是现实存在,在虚幻与真实交缠中展开灵魂对话和精神剖析。

小说以"蛙"为名,小说中蝌蚪所创作的话剧也以"蛙"为名。莫言通过蝌蚪之口,反复重申"蛙"的寓意。话剧第四幕中,作为剧作者的蝌蚪与书写对象姑姑对话时,这样解释:"暂名青蛙的'蛙',当然也可以改成娃娃的'娃',当然还可以改成女娲的'娲',女娲造人,蛙是多子的象征,蛙是咱们高密东北乡的图腾,我们的泥塑、年画里,都有蛙崇拜的实例。"[1]可以说,"蛙"的第一重隐喻是青蛙旺盛的生命力、强大的繁殖能力与中国农民繁衍后代、传宗接代的呼应关系。正是在此意义上,莫言反复将"蛙"与婴儿娃娃对照,将"蛙"与象征生命起源的神话图腾女娲不断联系,并驱使笔下形象荒诞地将地方手工艺品、繁殖崇拜的文化心理与远古创世传说杂糅,彼此附会,形成貌似合理的象征体系。莫言以嘲谑的口吻描写和讽刺兜售"蛙性"繁殖信仰的唯利是图者,但在讽刺的复调间同时强化了《蛙》这部小说以生命繁衍、生育为核心的

---

[1] 莫言.蛙.杭州:浙江文艺出版社,2020:308.

第六章
魔幻纪实：《蛙》

思考主题。

结合莫言对计划生育政策执行过程以反省为主的书写立场来看，显然"蛙"还具有批判现实和控诉暴力的隐喻价值。"蛙"与"娃"谐音，在象征蓬勃旺盛、绵延不绝的新生命的同时，也指向被扼杀和"消灭"的胎儿。小说描写的前三十年中，计划生育的计划性其实主要体现在控制出生率上，将已然受孕成形的胎儿，视为非法超生的产物而强制流产，是基层执行计划生育国策工作的一项内容。是以，"蛙"对应的哇哇啼哭，除了象征新生的喜悦，也指未见天日被迫流产的胎儿的控诉之声。姑姑身上最难解的伦理冲突之一，是救人接生的妇产科医生与执行堕胎的计划生育工作者之间的矛盾。对姑姑而言，"不合法"的超生胎儿和出生的婴儿分属于不同的伦理层面："不出'锅门'，就是一块肉，该刮就刮，该流就流；一出'锅门'，那就是个人，哪怕是缺胳膊少腿也是个人，是人就受国家法律保护。"[1]这是执行计划生育国策的时代背景下，姑姑的理性逻辑和甄别标准。

今天的我们和十多年前的莫言一样，虽然从历史发展的合理性上都理解人口宏观调控的必然性，但难免为被抹杀的生命、被剥夺孩子的母亲痛苦。在人道主义的思想背景下，莫言

---

[1] 莫言. 蛙. 杭州：浙江文艺出版社，2020：151.

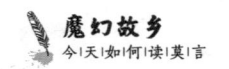

以文学想象为被牺牲的超生胎儿发起控诉和"复仇"。于是，小说中有了醉酒迷路的姑姑被"蛙"的幽灵阴影集体攻击的一幕。在此逻辑转化下，湿冷滑腻的青蛙变成姑姑的恐惧对象，并激发了姑姑的罪感意识，让开朗自信、科学理性、信仰坚定的妇产科医生转变为一名所谓的忏悔者。

除了莫言在作品中明示的"蛙"与"娃"的直接对应，将《蛙》与莫言其他涉及青蛙的文本书写联系，我们发现"蛙"还有一重隐喻群体性力量的含义。"蛙"是莫言童年时代经常接触的事物，莫言在散文与演讲中曾多次提及乡野之中众声喧哗的青蛙合鸣，其中流露的主观感受或许可以帮助我们理解"蛙"的情绪密码。在莫言的描写中，青蛙形象伴随的感受往往潮湿阴森、惹人憎厌。而集结成群的青蛙更是令人心生恐惧，"青蛙能使一个巨大的池塘改变颜色。满街都是蠢蠢爬动的癞蛤蟆，有的蛤蟆大如马蹄，令人望之生畏"[1]。剥离文人的知识理性和叙事技巧，对莫言而言数量庞大、挨挨挤挤的群体之"蛙"引发的心理情感无疑是负面的。在类似的描写中，没有红高粱式的恢宏开阔，也没有食草家族的生猛跳跃，"蛙"类描写体现的环境是阴森、逼仄、压抑，召唤的情感是惧斥、厌恶与疏离。"蛙"是弱小的，但巨量的"蛙"则是可怕的异化

---

[1] 莫言. 超越故乡. 名作欣赏, 2013 (1).

力量。内心坚定、刚毅的姑姑最终精神崩溃于青蛙大军的魔幻景象中:"千万只青蛙组成了一支浩浩荡荡的大军,叫着,跳着,碰撞着,拥挤着,像一股浊流"[1]。是以,研究者吴义勤在《原罪与救赎》一文中追问:"蛙"到底象征着什么呢?其答案是"那些不断鸣叫,有着旺盛的繁殖能力却又如此'低贱平常'的生物,承载着莫言对于中国计划生育国策以及中国当代农民生命史、精神史的深刻思考"[2]。理解"蛙"的第三重隐喻,我们才不会将《蛙》狭隘地视为对历史的悲悯回望,而必须承认《蛙》充满了悖论式的心理真实和现实理性。

---

[1] 莫言.蛙.杭州:浙江文艺出版社,2020:216.
[2] 吴义勤.原罪与救赎:读莫言长篇小说《蛙》.南方文坛,2010(3).

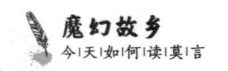

历史的两难与悖谬

计划生育曾深切地影响了几代中国人,是一个敏感而沉重的议题。《蛙》的主体部分试图还原计划生育年代的历史,其面对历史困境的勇气与魄力令人尊重。而《蛙》对计划生育年代的描写立场和情感倾向,则引发了读者相当多元的反应。国内文学批评领域中,多数学者肯定《蛙》对历史复杂性的还原努力,肯定《蛙》写出计划生育年代的部分真实,也肯定其对敏感议题的探索贡献;但在人口学界以及计划生育工作者群体中,《蛙》不出意料受到抨击,批评者认为《蛙》丑化了计划生育工作者,抹杀了他们的历史贡献,甚至认为《蛙》是对计划生育政策的否定和攻击。而在国外,攻击计划生育违背人性是西方对中国横加指责的常见策略;《蛙》对计划生育工作中一些错误做法的揭露与呈现,无疑容易成为西方部分人诋毁中国人口政策的"把柄"。部分批评者转而据此批评《蛙》有损国家形象,客观上变成了攻击中国者的"帮凶"。"然而,对生命的敬畏,对人性的尊重,是任何民族都应负起的责任。"[1]

宏观而言，计划生育是人类自我管理和自我调控的文明理性，也是基于长远性、整体性考量的生存理性与发展理性。在中国庞大的人口基数和特殊的国族现代化进程等条件影响下，中国选择了以国家政治的方式制定、执行计划生育政策。早在1960年代，中国已经出现新中国成立后第二次人口生育高峰，亦即《蛙》中所描述的"地瓜小孩"出生高峰。人口过快增长带来的粮食、资源短缺等矛盾已经逐渐显露；此时主要以号召和教育宣传手段提倡避孕，但未能取得"计划性"生育的有效成果。《蛙》客观地描写了姑姑们努力宣传计划生育而收效甚微的历史事实：剧团演出宣传男女都一样，百姓高声叫骂，"砖头瓦片，齐齐地扔到台上。演员抱头鼠窜"[2]。这种温和而带有一定犹豫色彩的做法在1970年代末有了直接的变化。在建设现代化的政治背景下，国家明确要在"国民经济与社会发展的全局中"考察和处理人口问题，以战略性政策的高度制定计划生育政策，并最终将实行计划生育确定为一项基本国策。

毋庸讳言，《蛙》渗透着作家莫言的人道主义价值立场，因而在承认现代理性的同时也呼求生命自主权和生育自主权。

---

[1] 栾梅健.面对历史纠结时的精准与老到：再论莫言《蛙》的文学贡献.当代作家评论，2012（6）.

[2] 莫言.蛙.杭州：浙江文艺出版社，2020：55.

某种程度上,《蛙》就是国家政治需求和个体自主权理念在生育问题上的冲突。生命意识和生命伦理在小说中可谓比比皆是,最直接的思想支撑来源于母亲所代表的道法自然的民间生命意识。"人一辈子生几个孩子,都是命中注定的。我母亲说,这还用得着你们计划?"母亲甚至引用领袖的话语,佐证生孩子是天道正义:"毛主席说:人多力量大,人多好办事,人是活宝,有人有世界!我母亲说。毛主席还说,不让老天下雨是不对的,不让女人养孩子也是不对的。"[1]如果说母亲只是在观念上反对计划生育,那么那些受传宗接代、重男轻女等诸种传统观念或者现实利益驱使的"超生者"们,则在行动上更为激烈地展现出繁衍、生育要求和计生政策的直接冲突。《蛙》描写的一些超生母亲——耿秀莲、王胆、王仁美——甚至以惨烈的死亡作为对抗的结局。或者如有些研究者所点出的,刻意强化和高度集中的悲剧性,显然是因为"加重小说的矛盾性才会更有看头,才会更符合莫言的需要"[2]。

个体生育需求和计生的冲突设计,同时也是《蛙》对计划生育执行工作中一些错误的甚至血腥的做法的还原契机与反省契机。姑姑作为一名坚定执行计划生育政策的基层计生人员,

---

[1] 莫言.蛙.杭州:浙江文艺出版社,2020:56.
[2] 王汝蕙,张福贵.莫言小说获奖后在美国的译介与传播.文艺争鸣,2018(1).

第六章

魔幻纪实：《蛙》

直接或者间接造成了血腥的悲剧。曾经以现代医学为高密东北乡迎接新生命、拯救产妇的现代妇产科医生，一度被乡人当作活菩萨、送子娘娘；而这双接生和救人的手，在计生工作中却不得不为人流产、堕胎，变为一双"魔爪"，因而遭人仇恨和诅咒："你姑姑不是人，是妖魔！""她的双手上沾满了鲜血，她死后要被阎王爷千刀万剐！"①

诅咒的背后，是姑姑所代表的一些基层计生人员在工作中的确存在的高压强制做法和粗暴残忍作风。《蛙》多次描写了百姓为了躲避计生人员，而化装潜逃、凫水遁走，甚至挖地道躲藏。作家多次借人物之口提及这些都是"当年游击队员对付日本鬼子的办法"②，曾经应用于敌我阵营的方法却在超生者和计生者的对峙中上演，内在的批判意蕴不言而喻。在每一次追捕或者伏击超生者的场景中，都不约而同地出现了高音喇叭的意象："大喇叭里，传出慷慨激昂的声音：计划生育是头等大事，事关国家前途、民族未来……"③高音喇叭的声音既是对时代政策的直接呈现，更以高亢、嘹亮的声音和震慑性、压迫性形成国家话语或者官方意识形态的载体象征。而高音喇叭之下，一些偏激的计生做法——上演。计划生育年代，"喝药

---

① 莫言.蛙.杭州：浙江文艺出版社，2020：125.
② 同①109.
③ 同①126.

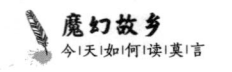

不夺瓶，上吊给根绳"的口号横空出世，株连乡邻、拆房子、没收财产、冒风险流产等蔑视个人权利的现象的确存在。在姑姑寻找超生怀孕的蝌蚪之妻王仁美时，曾集中暴露这些粗暴行为："你顽抗到底，我们用拖拉机，先把你娘家四邻的房子拉倒，然后再把你娘家的房子拉倒。邻居家的一切损失，均由你爹负担。即便这样，你还是要做人流"[①]。

莫言以相当率真的态度记录了这些残酷的历史现象。但在知识理性或者现实理性面前，除却计划生育政策，莫言也无法为人口膨胀的问题提供更优解。既然如此，对历史现实的单一批判无疑是有失公允的。是以，小说又通过蝌蚪与杉谷义人的通信对话，不断重申计划生育的历史合理性和历史贡献。莫言并不是简单记录和呈现，他的矛盾也是历史的矛盾。"这两难处境不是那些简单地指责计划生育'非人性'的西方政治家所能体会的。对此《蛙》没有简单处理，它在矛盾着，而这种文本的僵持纠结使得其在主题内蕴上超越了当代的很多作品。"[②]

这种矛盾性直接决定了姑姑形象的内在悖谬。莫言所塑造的姑姑，是一个具有高度政治自觉的基层医生形象。为了追溯姑姑的"根正苗红"，莫言特意从家庭传承和成长环境层面为其设定了鲜明的红色背景——父亲是八路军部队医生，跟随白

[①] 莫言. 蛙. 杭州：浙江文艺出版社，2020：127.
[②] 温儒敏. 莫言《蛙》的超越与缺失. 百家论坛，2013（3）.

第六章

魔幻纪实：《蛙》

求恩学习；姑姑作为烈士后代，被接到解放区读书受教育，继承父业回家乡行医，接受"新法接生"培训后成为高密东北乡第一代现代妇产科医生。年轻的姑姑阳光自信、爽朗刚毅、敬业热忱，以科学、先进的医学理念和技术涤荡着家乡陈腐的生育旧习，赢得乡亲的敬重。而计划生育开始之后，姑姑对工作的热忱、真诚和执着，在不能接受计划生育观念的百姓眼中，就成了罪孽；姑姑被视为"活阎王""杀人魔王"，乡民甚至因为姑姑坎坷不幸的感情经历从道德上丑化、攻击其为"婊子""母狗"。如果说作品人物的断裂评价，只能代表乡民的情感与立场，那么作品在描写姑姑时不得不分裂的情感倾向和隐含批判导向的游离笔法，则显然表明作家在历史合理性与人道主义立场、个人本位价值观之间深重的内在冲突。

　　姑姑追击超生的王胆等场景，集中展现了莫言无法弥合的价值冲突带来的撕裂感。由于"陈家五世单传"，陈鼻、王胆选择了超生，为了躲避计生人员的追查化装转移。王胆乘坐落后原始的木筏出逃，而姑姑乘坐的是现代、先进的快艇；莫言详细描写了那艘计划生育专用船，它开足马力轻松地超越王胆的木筏，鲜明的强弱对比显然是作家刻意暗示的细节。交通工具上的压倒性优势不免让读者联想到姑姑等人所秉持的政治正确与国家政治话语对个体的压制。然而，吊诡的一幕是姑姑阵营在直面王胆即将分娩的既定事实时，选择集体倒戈：得力助

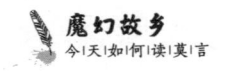

手小狮子假装落水，爱慕者秦河假装驾驶失误，他们配合默契地拖延时间，以隐秘的方法曲折守护着即将出生的孩子。坚决拥护和执行计划生育政策的姑姑，对此表演心知肚明却心境苍凉地不予揭穿。小说中，坚定刚毅的姑姑从这一刻开始苍老，"像一个末路的英雄"。意识到姑姑的沧桑的那一刻，蝌蚪作为带有现代思维和所谓文明观念的知识分子，心中浮现的却是母亲的话："女人生来是干什么的？女人归根结底是为了生孩子而来。女人的地位是生孩子生出来的，女人的尊严也是生孩子生出来的，女人的幸福和荣耀也都是生孩子生出来的。一个女人不生孩子是最大的痛苦，一个女人不生孩子算不上一个完整的女人，而且，女人不生孩子，心就变硬了，女人不生孩子，老得格外快"[1]。这一段对女人的诠释如此突兀而令人不适，却相当真实地映衬了姑姑所处的文化环境和精神桎梏。

这一场景，并未以传统认知和民间伦理的胜利为终结。姑姑面对疯狂恐吓时，专业而冷静地为王胆接生，"这不是魔爪，这是一只妇产科医生的手"[2]——这是姑姑劝服他人的说辞，是她的情感自白，也是她作为医者的心之所愿。正是有这些人性维度的建构，姑姑所代表的计生人员才不可能仅仅是冷血而麻木的"红色木头"。莫言的成功和超群之处在于，他并不

---

[1] 莫言．蛙．杭州：浙江文艺出版社，2020：173．
[2] 同[1] 174．

因为人道立场而片面悲悯弱小者，放大对姑姑们的抨击，忽略弱小者客观的局限性和恶劣性，更不会将农民基于传宗接代、重男轻女意识而衍生的超生行为拔高为尊重生命、生育自主的理性自觉。坚持偷生、超生的陈鼻，在得知王胆生下又一个女孩后，痛苦万端于"天绝我也"。超生者和计生者在道德意识上的地位再次翻转，姑姑怒斥陈鼻"你这个畜生！"，超生者在失望颓废中遗弃了超生的新生儿，一度想要将其戕杀的姑姑和小狮子则满怀母性柔情地收养了弃儿。在此意义上，莫言对历史与人性之复杂性、矛盾性的把握与表现，老到得令人尊重。

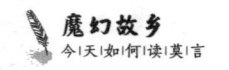

失败的忏悔

忏悔是《蛙》的显性主题，尤其在小说后半部分，忏悔意识更为鲜明。小说中，姑姑在晚年开始忏悔计划生育工作中戕害生命的行为，为每个流产的胎儿捏制泥娃娃，以此寻求心灵救赎。叙述声音蝌蚪则反复强调"沾到手上的血，是不是永远也洗不净呢？"[①]。作家莫言则在《蛙》后记中直接表明该书并不能带来解脱，不过是反复重申承认"他人有罪，我亦有罪"。而针对《蛙》的文学批评，多半肯定《蛙》的忏悔书写和忏悔所具有的思想价值。事实果然如此吗？当我们细究小说对忏悔发生逻辑的建构，追问忏悔的心理基础时，或许会得出相反的结论：《蛙》的忏悔书写，是作家人道主义立场下主观选择的结果，而非文学形象自然演绎的结果；忏悔意识是莫言基于价值判断先于文学想象预设的主题。《蛙》对忏悔的描写是僵化而刻板的，是作者生硬地将观念强加于人物。《蛙》的忏悔书

---

① 莫言. 蛙. 杭州：浙江文艺出版社，2020：282.

第六章
魔幻纪实：《蛙》

写，是失败的忏悔。

首先，姑姑的忏悔并不具备性格基础和认知基础。深受科学理性思维和现代开放观念影响的姑姑，天性刚毅坚韧，她热爱乡土和乡民，却罕见地完全不受任何民间旧习或伦理意识的裹挟；她乐观爽直，坚定自信，对农民的顽固、蒙昧和工作中遭受的攻击、凌辱，完全以文明先行者的姿态包容、化解，不仅不受其影响，甚至具有某种居高临下的体谅。很难想象具有如此的认知背景和精神支撑的姑姑，会精神崩溃，陷入恐惧、迷狂和全然自我否定，并走向带有宗教气息的自我救赎。小说对姑姑的内疚、怀疑和精神迷茫的描写是真实的。与别人的诅咒、责骂甚至暴打相比，姑姑更沉重的精神压力来自内在的价值对峙和分裂。姑姑能对农民的诋毁和仇恨爽朗地一笑置之，将侮辱、诅咒视为对个人工作的肯定和褒奖。但医生治病救人的专业价值和执行计划生育国策的宏大逻辑并不能完全一致。这种不易察觉的痛苦在姑姑的内心潜伏已久，表现为嗜酒的自我麻木或者短暂的虚无颓唐。姑姑是生育政策的实施者但同时也是承受者。在计划生育问题上，姑姑和超生者们分属于对立的两方；除却阵营对立来看，双方却都属于历史的创伤者。单一强调姑姑的负罪意识，客观上反而消解了《蛙》反省批判的深广性。

其次，《蛙》的忏悔是知识分子思维逻辑的主观附会。

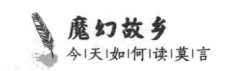

追求"作为老百姓"写作的莫言,无论在文学观念还是在文学实践上,都寻求站在民众之间,拒绝以俯视姿态主观想象老百姓的生活和精神世界,拒绝对底层角落景观的麻木、漠视。正是基于这一文学立场,莫言怀着有关历史和底层农民的良知与悲悯情怀创作了《蛙》。他特别关注不容于宏大理性和政治正确的个体,如那些被指责因袭着封建传统糟粕的超生者们,如那些被判定为"非法"而剥夺了生存权的超生胎儿。莫言以怜悯和理解的温情描写顽固地追求超生的人们,替那些失去生存机会的胎儿、失去孩子的母亲发声,写计划生育之难与痛。代入计划生育对象的叙事视角之后,政治正确和现代理性的视野弱化了,在历史悲剧面前,我们无法不为之动容、痛苦。可以说,《蛙》所碰触和揭示的是中国人的集体创伤和精神隐痛。对计划生育年代粗暴、冷漠造成的伤害事实,我们务必保持充分的警觉;对那些为着宏大理性而被牺牲、被忽略的弱小者,我们理应回到"以人为本"的关怀立场,看到他们的苦痛和苦痛背后的根源;对造成既定伤害的粗暴作风,我们应予以强烈谴责和批判。"野蛮总是要受到谴责,残暴总是要面对批判。"[①]无疑,《蛙》具有鲜明的历史反省和批判精神。然而,当反思最后走向忏悔时,莫言事实上已然背离了他所追求的百姓本

---

① 栾梅健.面对历史纠结时的精准与老到:再论莫言《蛙》的文学贡献.当代作家评论,2012(6).

位、现实逻辑和真实价值。莫言多次强调，姑姑既有原型又有想象加工，真实的姑姑晚年平安宁静。文学和现实之间错位之处，恰恰是作家想象加工的空间与结果。可以说，忏悔是莫言的选择，而非姑姑的选择。当作家以个人的价值逻辑覆盖人物的自主逻辑，文学创作事实上再度复制了主题先行、概念僵化的历史模式；这种规定性以表面的复杂和矛盾，形成了对历史和真实的虚拟改造，某种程度上也可能形成新的遮蔽。

代入式忏悔不仅空洞无效，而且虚假荒诞。晚年姑姑的自我救赎与其说是觉醒的忏悔，不如说是回避恐惧的尝试。本质上，并不具备忏悔的积极意义。而剧作家蝌蚪则无论是在书信还是在剧本中，都强调叙事、创作、书写对于忏悔的作用和意义，真诚的写作是凝视和解剖自己；同时他安慰姑姑，他的话剧写完时姑姑会得到心灵的宁静。然而，莫言消解了这种可能性——"剧本完成后，心中的罪感非但没有减弱，反而变得更加沉重"[1]。更为荒诞的是，追求忏悔最终演变成了新的暴力与创伤的驱动力。小说中主要人物都走向了忏悔，如姑姑、小狮子和蝌蚪，然而其忏悔本质上并非从对生命、自主等的认知出发，而更多体现为一种自我救赎。这种狭隘而内向的自我救赎或者所谓忏悔，在小说最后一部话剧中显

---

[1] 莫言. 蛙. 杭州：浙江文艺出版社，2020：281.

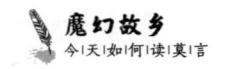

现为一种全新的对生命尊严和生育伦理的暴力践踏。姑姑的助手、蝌蚪的妻子小狮子是姑姑的副线人物,她因无法生育而极度渴望孩子,而蝌蚪出于对亡妻王仁美的愧疚心理,姑姑出于对流产超生胎儿的赎罪心理,不约而同地将所谓希望寄托于借腹生子。在充满荒诞色彩的后现代主义舞台上,年轻美貌而洁身自好的陈眉在资本家的工厂大火中失去了美丽的容貌和正常人的生活,一无所有;又在疯狂商业化的家乡为了父亲的医疗费而被迫出卖子宫,进行代孕。资本单一的交易逻辑掩盖了商业社会将生育能力和身体异化为交易品的罪恶,泛商业化的时代将对陈眉的身体剥削和情感剥削掩饰为银货两讫的交易,主导罪恶、包庇罪恶的民众对此谎言心照不宣。作家甚至在话剧中穿插了拍摄影视剧的曹梦九与四处申冤无门的陈眉的对话,而影视的虚妄无力和曹梦九的托词,无不暗示民间传统中对"青天"的公平幻想破灭了。姑姑、小狮子以及有着罪感意识和罪责自觉的蝌蚪,对陈眉被剥夺孩子的痛苦与申诉视而不见,在集体的谎言中,他们甚至相信未曾生育的小狮子开始分泌乳汁。如果说晚年姑姑的忏悔是对计划生育年代青壮年姑姑的否定,那么第五部话剧的荒诞不经则是对忏悔虚假性的二次否定。从这个角度上,与其说《蛙》是一部反省历史和现实、充满批判和忏悔意识的作品,不如说它经过多重解构,最终只能喟叹无论历史还是现实,都具有"罪而无解"的双重无奈。

也许忏悔是莫言在冲突中能够给出的唯一精神出路。但不顾人物形象自身的价值逻辑，因循与实践作者自己的精神模式和思想高度，无疑会导致人物生硬而失真。"因此莫言虽然努力，却未能成功抵达'忏悔'这一主题的彼岸"[1]。

【我来品说】

1. 在人口政策更趋开放，鼓励人们生育二胎、三胎的时代背景下，我们如何理解《蛙》的主题及其所描写的时代？
2. 你如何看待《蛙》在西方社会的传播和解读？

---

[1] 温儒敏.莫言《蛙》的超越与缺失.百家论坛，2013（3）.

第七章 莫言与诺贝尔文学奖

导读

莫言获得诺贝尔文学奖,对于中国来说具有怎样的意义?莫言获得"诺奖"的原因是什么?获得"诺奖"之后,中国文学会如何发展?

第七章
莫言与诺贝尔文学奖

2012年，莫言获得诺贝尔文学奖对中国人而言是件大事，是一件超越了文学领域的社会、文化事件，一度引起热烈庆祝与狂欢。2012年12月11日，确认莫言获得诺贝尔文学奖的当晚，高密市领导到莫言住处献花，市区和莫言老家平安庄的鞭炮声响成一片，同时多处挂上了祝贺的红色横幅。知道莫言是谁的高密人并不多，读过莫言作品的人更少，但他们朴素而深挚地与有荣焉，喜气洋洋犹如过年。而经过全国媒体狂轰滥炸式的集体报道，莫言获奖进一步成为举国皆知的大事。而相对"沉稳"的文化界和学界，此后对莫言的出版传播与讨论研究热潮则延续至今。

为何莫言获奖如此受到重视？其背后，是中国人持续已久的"诺奖"情结。

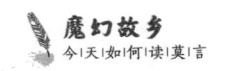

中国文学的"诺奖"情结

在莫言获奖之前,尽管已经有李政道、杨振宁等华人获得诺贝尔奖,但在文学传统悠久、现当代文学发展将近百年的中国,却一直没有中国籍作家获得诺贝尔文学奖。诺贝尔文学奖作为一个世界性的权威文学奖项,具有极强的影响力;可以说,诺贝尔文学奖实实在在影响作家及其作品在世界文学中的知名度和经典度。对于渴望获得国际认可、争取国际声望的中国文学而言,诺贝尔文学奖是一个不容忽视的奖项。不管如何评价诺贝尔奖,中国许多普通读者和作家、批评家或多或少具有事实上的"诺贝尔焦虑"。那些对"诺奖"持积极态度、渴望中国作家能够获奖的群体,具有很强的"诺奖"情结。谁能获得"诺奖"、中国何时能够获得"诺奖"之类的话题反复被讨论。

事实上,中国作家对诺贝尔文学奖的思考和讨论已经持续将近一个世纪。在莫言得奖之前,人们曾经热烈地讨论过鲁迅、老舍、沈从文等成为"诺奖"候选人的种种。最早被讨论的当然是鲁迅,有一种说法认为鲁迅曾经获得"诺奖"提名,

第七章 莫言与诺贝尔文学奖

而鲁迅拒绝了提名。1927年瑞典人斯文·赫定有意向评委会推荐一名中国作家,刘半农认为理应推荐鲁迅,因而转托台静农与鲁迅沟通。是以,才有鲁迅婉拒"提名"的信件。不管提名是否是个误会,但鲁迅的这封信却明确表明了他对诺贝尔文学奖的态度。鲁迅在给台静农的回信中这样写道:"我觉得中国实在还没有可得诺贝尔赏金的人,瑞典最好是不要理我们,谁也不给。倘因为黄色脸皮人,格外优待从宽,反足以长中国人的虚荣心,以为真可与别国大作家比肩了,结果将很坏。"[①]在该信中,鲁迅清醒地指出"诺奖"要颁给中国人,并不是因为其时中国文学的成就,而是出于需要将中国纳入"诺奖"的考量而已,而就当时状况而言,鲁迅认为中国作家包含他自己尚未达到获奖标准。另外一名被讨论较多的作家老舍,所谓1968年"诺奖"要颁给老舍的传闻并不属实,已解密的1968年最终候选名单中并无老舍。相较而言,沈从文与"诺奖"的擦肩而过可能更接近事实:沈从文在1987年、1988年两次入围候选人终审名单,1988年瑞典文学院商定向其颁奖前沈从文去世,从而遗憾地与"诺奖"失之交臂。该说已至少有马悦然、埃斯普马克两位"诺奖"评委证明,应可采信。

经历了如此的遗憾、坎坷之后,莫言获奖可谓替国人圆了一个"诺奖"梦。

---

① 鲁迅. 致台静农 // 鲁迅全集:第12卷. 北京:人民文学出版社,2005:73-74.

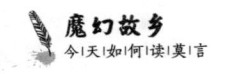

为什么是莫言

莫言获奖，首先当然是因为其文学创作成就。诺贝尔文学奖强调的首要标准是文学标准、文学价值和文学创新。

在前面几章中，我们已经了解了莫言主要的写作内容以及以何种方式书写。综合而言，莫言的文学视野和书写面向庞大广博，从强烈的现实关怀和历史意识出发，他的作品是对20世纪以来中国宏大历史与心灵史的整体造像。莫言的文学时间，从《檀香刑》里表征西方现代魅影的德国铁路盘踞且深入中国传统农村腹地这一巨大的隐喻性背景开始，在民间与官方、传统与现代、个体与国族、外来与本土、政治与去政治的多重对话关系中，搭建起结构庞大而肌理细腻的文学王国。《红高粱家族》《丰乳肥臀》《生死疲劳》《天堂蒜薹之歌》《酒国》《蛙》《晚熟的人》等作品，细腻地记录了从晚清国弱民愚的政治社会现实，到高密经历的现代变革、抵抗侵略的民间抗德抗日活动、聚焦土地改革的阶级斗争与革命历史、反右等历次政治运动、计划生育等社会政策、改革开放后社会某些领域极

第七章 莫言与诺贝尔文学奖

度商业化等。可以说，莫言具体描写的是高密东北乡，而其整个创作谱系则建构了一个近现代以来的完整中国。在此意义上，莫言可谓一个富有代表性的中国故事讲述者。

同时，一直以来莫言在叙事与形式上积极寻求自我突破。几乎每一本小说都在尝试不同的叙事结构，尝试"讲故事"的不同方法。在整个现当代文学叙事谱系中，莫言在语言、意象、结构、叙事上显现的探索热情相当亮眼。客观上说，莫言推进了现代汉语写作的创新实践。近年来，文学界的一个变化趋势是悄然从强调思想的深刻性和叙事的故事性转向注重语言与形式的审美创新。在这一方面，莫言所做的尝试与取得的成就有目共睹。从《透明的红萝卜》起，莫言以极具想象力的魔幻意识和"狂欢化"的感官叙事，形成了莫言式的高度个性化的语言气质。同时，《红高粱家族》《丰乳肥臀》《生死疲劳》以家族小说建构乡土与国族的百年历史图谱，具有恢宏大气的史诗性品格；而上述作品与《天堂蒜薹之歌》《酒国》《檀香刑》《蛙》等一样，从高粱、乳房、蒜薹、酒、青蛙等具象入手，将宏大历史与磅礴现实复现于无比细腻的细节真实与感受真实中，追求国族与个体、客观与主观、宏大与幽微的有机统一。叙事结构上，莫言更是不断推陈出新。早期作品《透明的红萝卜》以魔幻现实主义成名，到了《檀香刑》却"大踏步撤退"，回到民族文化传统中，尝试以地方的"猫

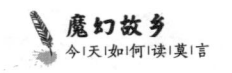

腔"形式唱出本土民间声气；《红高粱家族》已然开辟了其新历史主义和精神写实的探索之旅，《天堂蒜薹之歌》却有感于现实需求从精神路径和叙事范式上返回批判现实主义之路；《酒国》《蛙》通过文学戏仿将文学史上诸多叙事模式实践了一番，形成结构上的叙事迷宫和作品、现实之间的相互对话与相互拆解。因此莫言的创作活动本身就成为一个巨大的开放性文本，向现实无限延展，以有限文本探索无限的未尽之意。

其次，莫言为世界提供了极具中国色彩、地方色彩的文学经验，特别符合"越是民族的越是世界的"这条规则。同时，他又巧妙地将极为传统、民间、地方和中国化的内容，做了更适合国际接受的变动，让中国经验得以与世界文学对话。莫言擅长形式变革，可谓对叙事实验乐此不疲的创新先锋；无论是从魔幻现实主义、现代主义、后现代主义的诸种外来技法与文学形式中，还是从《檀香刑》"大踏步撤退"式的中国民间形式中，都可以看到莫言对世界文学思潮与艺术审美的呼应。从价值立场与叙事选择的双重国际性上而言，莫言可以说"立足高密，放眼世界"。

事实上，当我们陷入"诺奖"情结或"诺奖"焦虑迷思时，"诺奖"同样需要中国声音和中国画面的事实相对被忽略了。世界文学研究专家赵白生认为：我们把"诺奖"看得过于重要了，中国需要"诺奖"，而"诺奖"也需要中国，我们没有看到"'诺奖'评委对中国作家'诺奖'空缺的严重焦虑"。①"诺奖"与中国文学实际上是相互奔赴。"诺奖"在地域与语言上的倾向性和局限性一直备受指摘,当其追求对世界文学评选的代表性、权威性、全面性、客观性时,中国文学显然是无法忽略的巨大存在。

《丰乳肥臀》英译本

最后,我们也不能忽视莫言在海外的传播影响。中国当代文学中,优秀的创作者除莫言之外还可以列举很多。莫言获奖前和获奖后,民间或文坛都相当热衷于讨论哪位作家能得"诺奖",余华、贾平凹、阎连科、残雪、苏童、张炜等都在讨论名单中,受瑞典文学院青睐的作家据说还有李锐、刘震云、王安忆等等。"文无第一,武无第二",文学评价标准无法如理工科领域那般全然客观,就文学成就而言,上述作家完全可以与莫言跻身同一梯队。而"诺奖"选中莫言,与莫言作品的翻译状况和莫言的国际知名度有一定关系。莫言在国际社会上的知名度,首先得益于张艺谋根据其同名小说改编的电影《红高

---

① 高旭东,孙郁,马海良,等.诺贝尔文学奖与中国:从鲁迅到莫言.山东社会科学,2013(2).

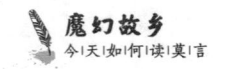

梁》，尤其电影获得柏林国际电影节金熊奖后，莫言在西方世界有了一定的知名度。电影带来的传播效应客观上带动了莫言作品的翻译和传播。在中国当代作家中，"莫言的作品是被翻译最多、最精准的华语文学作品"，电影和翻译作品的影响，让莫言成为外国人眼中"所有中国作家中最有名的、经常被禁同时又广为盗版的作家之一"。[①]就"诺奖"评选机制和现实操作而言，莫言作品的翻译、传播和在西方世界的知名度，是其能够进入评委视野的重要原因之一。

---

① 王宁. 诺贝尔文学奖、世界文学与中国当代文学. 当代作家评论，2015（6）.

莫言获奖的反响

就内在关怀而言，莫言以深沉的感情和强烈的责任感书写中国历史与现实；在叙事形式上，莫言超越了前代政治色彩较为浓重的革命话语叙事模式。其文学形象和叙事焦点等展现出对革命历史和阶级斗争式政治话语的有意识疏离和回避，并在疏离和质疑的价值前提下，对中国历史变革现象进行重新叙事。试图与主流历史叙事对话的努力，非常隐晦地藏在其富有成就的叙事结构中，从而形成了莫言的特殊文学实践，即营构"结构的政治性"。从这个角度而言，莫言的创作同样充满浓厚的政治色彩。关于这一点，诺贝尔文学奖当年的颁奖词是这样概括的："他撕下了程式化的宣传海报，让个人在芸芸众生中凸显而出。莫言用讥讽和嘲弄的手法向历史及其谎言、向政治虚伪和被剥夺后的贫瘠发起攻击。""莫言的故事都伪装成神话和寓言，将所有的价值观置于故事的主题中。"颁奖词主要从解构历史、批判现实的方面凸显莫言作品的价值。

莫言的整体创作中，对中国近现代历史以及当前现实的

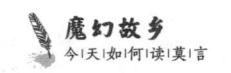

认识，与批评中国的西方声音有某些契合之处。这种契合以及西方媒体借此对中国的污名化与攻击，成为莫言在国内受到抨击的重要原因之一。批评者认为莫言的创作存在迎合西方眼光、歪曲历史、丑化中国形象、严重自我矮化的问题。这种批评的声音其实并不新鲜，1980年代电影《红高粱》获得国际大奖时，就已经出现了。批评者出于"家丑不可外扬"的文化心理，讨伐莫言的创作即使不是主观自觉地迎合，也同样强化了西方世界"东方主义"的傲慢想象。"强化了西方读者对现当代中国是'混乱、愚昧、充满暴力和极左政治'的历史，和对现代中国人生活苟且、肮脏、愚顽的刻板形象。"[1]

但我们应该将西方政治话语对莫言小说的政治化与莫言是否"自我东方主义"区分开来。我们要明确的是，"诺奖"等西方文艺奖项无论如何标榜其纯粹的艺术价值观和审美独立，事实上都不可避免受到西方中心主义和社会政治意识等诸种隐形但客观存在的立场的影响。真正的文学阅读应保持清醒，既不受"超越政治""纯粹文学"话语的蒙蔽和约束，也不搞文化、文学上的民粹主义、闭关锁国。以开放的心态客观评价莫言及其获奖，以开放的心态评价诺贝尔文学奖。

书写中国历史上曾经出现的错误和文化黑暗、暴露中国

---

[1] 王晓平．海外汉学界对莫言获诺贝尔奖的反应综述．文学评论，2014（2）．

的确存在的现实问题，是作家以文学方式观察乃至切入现实的实践方式；莫言无须因写负面内容而承担"丑化中国"的指责。但对于青少年读者而言，需要特别强调辨析及理解文学叙事背后隐含的历史意识和价值意识。作为切身经历了政治动乱的一代作家，莫言等作家对历史与政治信仰的理想性想象遭受了畸形时代的亵渎和戏弄，此后1980年代后一段时期存在一些自由主义解构性、对抗性思维和商业化社会高度世俗化现象，他们的历史观、道德观、价值观不免受到虚无主义、怀疑主义的一定影响。这是时代思潮的影响，莫言难以避免。了解了这一点，我们才会理解为何有批评者认为莫言作品是"1990年代中国诸种失了根的、无家的、彷徨的经验、意象、记忆与幽灵的象征性落座"[1]，才会理解为何莫言作品追求去政治化，又自觉受政治化裹挟，才会理解何以莫言以深沉而真挚的感情描写屏蔽阶级性的"个人"，但未能跳脱普适而高蹈的"人性"窠臼。

无论如何，莫言获奖是中国现当代文学至今具有重大意义的文化事件。最显而易见的效果是，大大缓解了国人的"诺奖"焦虑，减少了"得不到'诺奖'，就是中国文学不够优秀"的自卑和自我怀疑。同时，不管"诺奖"有何局限，这毕

---

[1] 王晓平．海外汉学界对莫言获诺贝尔奖的反应综述．文学评论，2014（2）．

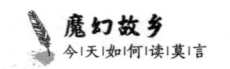

竟是世界范围内具有较高权威性和国际声望的文学奖项。因而莫言获奖无疑在一定程度上代表着世界文坛对中国文学、中国作家的肯定和重视，代表着中国文学的发展与成就，也是逆转文化"逆差"、提高文化影响力的契机之一，"莫言获奖应该成为中国文化走向世界的一个新起点"[①]。事实上，莫言获奖，更有利于我们走出"诺奖"迷思，以更为冷静而开放的态度看待世界与自我。在这一方面，获奖之后莫言的谨言慎行和坚持回归创作的选择已然为我们做出了示范：获奖之后，更待将来。

【我来品说】

1. 你认为莫言获"诺奖"对中国文学有没有影响？都有哪些影响？

2. 除莫言之外，你认为还有哪位中国当代作家有望获得"诺奖"？

---

① 谢稚.从莫言获诺贝尔文学奖看中国文化的海外传播//张清华.莫言研究年编：2012.北京：生活·读书·新知三联书店，2016：105.

图书在版编目（CIP）数据

魔幻故乡：今天如何读莫言／刘建华，徐纪阳著. -- 北京：中国人民大学出版社，2024.4
（今天如何读经典／刘勇，李春雨主编）
ISBN 978-7-300-32647-4

Ⅰ．①魔… Ⅱ．①刘… ②徐… Ⅲ．①莫言－文学研究 Ⅳ．①I206.7

中国国家版本馆CIP数据核字（2024）第056265号

今天如何读经典
刘　勇　李春雨　主编
魔幻故乡：今天如何读莫言
刘建华　徐纪阳　著
Mohuan Guxiang: Jintian Ruhe Du Mo Yan

出版发行	中国人民大学出版社		
社　　址	北京中关村大街31号	邮政编码	100080
电　　话	010-62511242（总编室）	010-62511770（质管部）	
	010-82501766（邮购部）	010-62514148（门市部）	
	010-62515195（发行公司）	010-62515275（盗版举报）	
网　　址	http://www.crup.com.cn		
经　　销	新华书店		
印　　刷	天津中印联印务有限公司		
开　　本	890 mm×1240 mm　1/32	版　次	2024年4月第1版
印　　张	6.5插页1	印　次	2024年4月第1次印刷
字　　数	108 000	定　价	38.00元

版权所有　侵权必究　印装差错　负责调换